BUAIC

DERMOT SOMERS

Cois Life Teoranta
Baile Átha Cliath

Bord na
Leabhar
Gaeilge

Tá Cois Life buíoch de Bhord na Leabhar Gaeilge agus den
Chomhairle Ealaíon as a gcúnamh.
An chéad chló 2006 © Dermot Somers
ISBN 1 901176 66 5
Clúdach agus dearadh: Alan Keogh
Clódóirí: Betaprint
www.coislife.ie

BUAIC

1
Cathair agus cailín

'Liam, éirigh as an gcnáimhseáil!' Phléasc Mike ag an mbord, a scian ag clingeadh ar a phláta. Chas cloigne sa bhialann. 'Tá's agat,' a dúirt sé lena mhac, a ghuth á chúbadh aige, 'nach féidir liom dul i mbun taifeadadh fuaime leat inniu. Níl radharc foirfe den Photala againn go fóill, mar shampla. Siombail na Tibéide.'

'Chaitheamar an mhaidin sa phálás inné. Shíleas gurb é Everest siombail na Tibéide?' Sé bliana déag d'aois a bhí Liam agus ba é seo an chéad turas oibre aige lena athair. Duine meidhreach a bhí ann de ghnáth ach bhí fíordhíomá ina ghlór anois.

'Níor lig tú dom oiread is radharc amháin a scannánú. Agus gheall tú go bhféadfainn fuaim a thaifeadadh dom féin inniu.' Bhí clár raidió le déanamh aige mar thogra Idirbhliana. 'Caithfidh mé tús a chur leis.'

'Liam, ní gá go dtosódh do chlár anseo. Nach mbeadh sé níos fearr ar an mbealach chun an tsléibhe?' Bhí Mike ag iarraidh smacht a choinneáil ar an argóint san óstán idirnáisiúnta, a chuid uibheacha is a chupán caife ag fuarú os a chomhair. Ceamaradóir agus stiúrthóir, bhí aithne aige ar dhaoine éagsúla sa bhialann, lucht sléibhteoireachta agus scannánaíochta araon sa Tibéid réamh-mhonsúin.

'Cén fáth go dtosódh an scannán i Lhasa?' A ghuth á ardú ag Liam, tuiscint aige ar thaca lucht éisteachta. Bhí bean bheag shlachtmhar ina suí ag bord eile, aithne ag Mike uirthi.

'Bíonn codarsnacht ag teastáil, sin é an fáth. Abair, má bhíonn an aimsir go dona ar an sliabh, má theipeann ar Dixon, beidh gach uile radharc riachtanach chun an scéal a líonadh... Féach! Ith do dhóthain anois. Ní fada go mbeimid ar an ngannchuid.' Bhí Liam ag diúltú feola, ina staonaire ó thuirling sé sa Tibéid. D'airigh sé seirbhe na déagóireachta ag brúchtadh ina scornach arís. Shlog sé siar é, a shúile ar a phláta. Scartha óna choisí athar leis na blianta, gan ach tréimhsí gairide acu le chéile, bhí trí mhí amach roimhe anois. Ceird an cheamara le foghlaim; an sliabh ar a thoil. Gan ach cúpla lá caite, bhí blas an luaithrigh ar an eachtra. B'fhéidir nach raibh ann ach blas an tósta, a d'admhaigh sé dó féin – an t-arán dóite.

'Féach,' arsa Mike, de chogar, 'ní picnic atá romhainn, bíodh a fhios agat. Seo é an seans deireanach ag Dixon buaic a bhaint agus gradam éigin a ghnóthú dó féin. Gheobhaidh sé leabhar as, b'fhéidir – dírbheathaisnéis. Díolfaidh sé na seanscéalta gaisce arís agus beidh pinsean éigin aige. Seans go bhfaighidh sé *MBE*, fiú.'

'Pinsean? Níl sé chomh críonna sin, an bhfuil?'

'B'fhéidir nach bhfuil, ach níl d'acmhainn aige ach na bróga. Ní ghlacfadh aon duine leis ar thascar sléibhe ach Max. Agus ní hé go bhfuil cion acu ar a chéile. Seanaighneas a tharla, agus tá greim daingean ag Dixon air. Ní bheadh a fhios agat céard a tharlódh. Caithfimidne a bheith gairmiúil, dírithe ar ár gcuid oibre.'

Ghlac sé téad eile chuige. 'Éist, tá an ceart agat, a Liam. Níor tharraing mé chun na Tibéide thú le bheith ag sclábhaíocht. Amach leat chun na Cearnóige ar maidin. Déan do chuid taifeadta is tar liomsa ina dhiaidh.'

D'fhan Liam ina thost, pus air go fóill. B'in Mike i gcónaí, míthuisceanach nó rócheadaitheach – ní raibh aon talamh réidh ann.

'Céard atá cearr anois?'

'Mike! Níor úsáid mé miondiosca riamh le fuaim a thaifeadadh. Bhí tú chun é a thaispeáint dom, an cuimhin leat?'

'A Chríost, níl ann ach é a shábháil go rialta. Sin, agus é a láimhseáil go héadrom.'

Sheas an bhean shlachtmhar suas is tháinig ina dtreo. Úll agus oráiste ite aici i gcomparáid leis na huibheacha agus an bágún a d'ith Mike. Bhí Herald Tribune faoina hascaill.

'Judith!' arsa Mike, 'fáilte romhat ar maidin. Suigh isteach anseo!' Aoibh ag leathadh ar a éadan. 'Seo é mo mhac, Liam. Tá sé ag cabhrú liom ar an turas seo. Bhuel, bhí, go dtí tamaillín ó shin.'

Chroith sí lámh le Liam go fonnmhar is bhraith sé fuinneamh ina glac. 'Tá an t-ádh leat, a Liam. Bíonn gach rud ar eolas ag aithreacha!' Bhí sí gléasta go nádúrtha don tsráid – i gcomparáid le turasóirí an óstáin a bhí breac le strapaí is pócaí.

'Fadhb bheag agaibh,' a dúirt sí go díreach, 'ní fhéadfainn gan é a thabhairt faoi deara.' Guth réidh, taitneamhach. 'Beidh mise ag gabháil timpeall ar maidin ag glacadh grianghraf. Taithí agam ar thaifeadadh fuaime, mar is eol do Mike anseo. Bhí mé i mo thuairisceoir ag an BBC nuair a bhí sé féin leo. Dá mba mhian leat, d'fhéadfainn súil a choinneáil ar do thaifeadán ar feadh tamaill, go dtí go mbíonn tú cleachta leis.'

'Go raibh míle maith agat,' arsa Liam, náire air gur tarraingíodh isteach san argóint í, 'ach ní fhéadfainn – '

'Judith,' arsa a athair, 'má dhiúltaíonn sé duit, an bhféadfá cabhrú liomsa?' Bhí an cantal curtha de, aoibh lonrach air, liath na gruaige slogtha sa bhfionn, a shúile ag rince. George Clooney á dhéanamh aige, dar lena mhac.

Bhí an trácht tiubh le rothair, idir Shínigh is Thibéadaigh, mascanna deannaigh orthu. An mhórchuid den chathair ina tromluí nuathógála, cruach i ngach áit, blas na suiminte san aer. Bheadh an radharc suarach, murach pálás eaglasta an Photala suite ar thalamh ard, an dealramh air gur tháinig sé i dtír roimh bhreacadh an lae tar éis dó a bheith ar snámh san aer. An Vatacáin gan Phápa. Bhí sé gléasta le staighrí agus laftáin is na céadta fuinneog rúnsúileach, aoldath úr ina chaillí bána doirte ar na ballaí. Ní raibh líne ingearach in iomlán an fhoirgnimh ach gach uillinn claonta le hailtireacht na samhlaíochta.

Bhí Judith sciobtha ar an rothar in ainneoin a haoise, a thug sé faoi deara, taithí aici ar chúlsráideanna na cathrach. Bhí sí ró-aosta, a rinne sé amach le faoiseamh. Níor bhac Mike le mná a bhí níos sine ná leath a aoise féin fiú. Shantaigh Liam a athair dó féin.

Dar lena mháthair in Éirinn, níor thuig an fear céanna freagracht ar bith. De réir mar a chuaigh Liam in aois fir, d'éirigh sí as rud ar bith a rá. D'imigh Mike ó eachtra go heachtra – Alasca anuraidh, an Tibéid i mbliana – gan dealramh na héadroime a chailliúint. Cé go raibh sé ag cnagadh ar an daichead, ní raibh roic ar a éadan, ná feoil á cur suas aige, ná gruaig á cailliúint aige, mar a bheadh ar ghnáth-thuiste. Bhí sé scartha le máthair Liam le hocht mbliana, bean aige i Londain, agus páiste óg. Ní labhródh máthair Liam fúthu. Níor theastaigh uaithi ach oiread go mbeadh a mac ag taisteal chun na Himiléithe cúpla bliain sular thug sé faoin Ardteist. Ach bhí Idirbhliain scoile ar siúl aige agus ní fhéadfadh sí diúltú.

Bhí ar Mike a cháipéisí ar fad a iompú amach ag na Custaim in Aerfort Lhasa. Fuair Liam radharc ar phictiúr – bean óg, buachaill léi, ceithre nó cúig bliana d'aois b'fhéidir. Chas sé a dhroim láithreach. Ach bhí éadan dáiríre an bhuachalla daingnithe ina chloigeann mar a bheadh taibhse beag.

———

D'amharc Judith timpeall uirthi, idir gháire is bhrón. 'Nach olc an staid ina bhfuil Lhasa bocht? Is dócha gur inis Mike duit conas mar a bhíodh sé, sular scrios na Sínigh é?'

Níor admhaigh Liam go raibh a mhalairt de thuairim ag a athair a dúirt go raibh na seanslumaí níos ainnise fiú ná na boscaí gránna a bhí tógtha ag na Sínigh.

'Cathain a bhí tusa anseo cheana?'

'In '87. Tharla réabhlóid bheag gan éifeacht. Scuabadh na turasóirí chun siúil agus cheap an domhan go raibh Lhasa ar tí pléascadh. Bhí mise anseo chun tuairisc a dhéanamh. Is ar éigean a d'fhéad mé focal a thaifeadadh gan saighdiúir anuas orm.

'B'in an t-am a chuireas aithne ar leithéidí Dixon agus Max. Bhí scata díobh in achrann le hEverest, Mike ina dteannta mar ghrianghrafadóir. Turas gránna, go bhfios dom. Ní dóigh liom gur labhair mé le Mike ó shin, go bhfaca mé sa bheár aréir é. Tusa a mhacasamhail díreach, bail ó Dhia ort. Is cuimhin liom gur gheall Dixon go bhfillfeadh sé ar an sliabh go luath, i gcuimhne ar a chairde. Ní dócha gur scór bliain a bhí ar intinn aige. Má tá Mike gan athrú, ní fhéadfaí an rud céanna a rá faoin bhfear úd.'

Chuaigh Judith go cúldoras i lána cúng, cuirtín tiubh air, is lig glaoch. Bhí cuma fhíochmhar ar an éadan a phreab chun solais, é leathbhearrtha, rinnsúileach, duail dhubha corntha ar bharr a chloiginn, iad slíoctha le hola agus ceangailte le snaidhmeanna dearga. Stán sé ar Liam, faoi mar a bheadh sé á mheá lena ithe, sula bhfaca sé Judith. Chlaochlaigh a chló, scoilt an béal is d'oscail an cuirtín. Ghabh sé a leithscéal le Liam.

'Cheapas gurb é an margadh dubh a bhí á lorg agat.' Díomá ar Liam nach raibh. Tugadh na rothair do bhuachaill beag a ghlan as radharc leo, mar a bheadh tréadaí óg le péire yak. 'Cuir scairt nuair a bheidh sibh ullamh,' a dúirt an fear, a chloigeann ag dul as radharc chomh tobann is a thaibhsigh sé.

'*Wow!*' arsa Liam, ag tarraingt anála.

'*Fixer!* A mhacasamhail i ngach sráid. Beidh foireann as Meiriceá ag scannánú anseo an tseachtain seo chugainn. Mise mar bhainisteoir suímh acu. Tá na láithreacha á scabhtáil agam le tamall.'

'Scannán? Cén sórt?'

'Ó, spiaireacht is gunnaí, d'eile? Chomh luath is a bheidh siad críochnaithe, táim chun babhta taistil a dhéanamh. Gach seans go bhfeicfidh mé sibh i gceann míosa nó dhó sa Bhun-Champa. Anois, tarraing amach an gléas fuaime sin go gcuirfimid béasa air.'

—

Chuir Teampall Jokhang preab ina chuisle gach uair a chonaic Liam é, suite i lár na cathrach, bloc íseal, aoldaite, maisithe le corcra is cróch. Bhí oilithrigh de shíor ag gabháil timpeall air. Leictreoin ag ciorclú núicléis, dar le Liam. Ghlac sé ionad sa scuaine ar leaca na cearnóige. Ó cheithre arda na tíre, bhí na hoilithrigh gléasta go dathannach, an ghruaig feistithe le boinn is seoda, cótaí tiubha ar na fir, sciortaí fada liatha ar na mná, naprúin ildaite, a háilleagáin phearsanta ag gach bean, lapis lazuli, eabhar, agus fíolagrán airgid go forleathan. Bród ina seasamh agus i rithim luascach an tsiúil, rithim na machairí is na gcnoc.

Bhí seanchúpla ag tiaráil timpeall, caora mhór ar cheann téide ag an mbean, feistithe le ribíní is ag siúl go muinteartha leo. Paidir á gabháil ag na seandaoine, dord beach anonn is anall leis an ngaoth, crónán rialta ó bholg an tslua. Rith sé le Liam go bhfaigheadh sé méileach na caorach in éineacht leis an mantra. Codarsnacht chruthaitheach. Bhraith sé bród ina ghairmiúlacht, na cluasáin ar a chloigeann, an taifeadán ar a bhrollach, micreafón mór ina lámh.

Baa-aa-aa-aa... Chuala sé go soiléir sna cluasáin é. Phreab sé de gheit. Ní raibh corraíl dá laghad i mbéal an ainmhí. *Baa-aa-aa-* arís, níos airde. An beithíoch ina thost. Bhraith Liam a leicne ag deargadh. Bhí clann ag siúl ina dhiaidh, an t-athair chomh cráifeach nach dtabharfadh sé crith talún faoi deara, an mháthair gafa le leanbh ina baclainn, beirt iníonacha ag scigireacht go meidhreach. Bhí a lámh ar a béal ag an gcailín ba shine agus b'iúd chuige an fhuaim arís. Macasamhla na máthar ab ea an bheirt, na sciortaí, na naprúin, ach iad chomh caol le fuipeanna, an ghruaig ina trilseáin fhoirfe. Bhí na súile ag preabadh le diabhlaíocht.

Sheas Liam ina staicín, idir gháire is náire, an micreafón ag claonadh chun talún ina lámh. Ghabh an chlann thairis; bhí sé ag féachaint ar a ndroim, agus b'iúd chuige an mhéileach arís *Baa-aa-aa-aa* ina mhacalla magúil. A fhéinmhuinín séidte, shleamhnaigh sé isteach sa teampall ar thóir dídine. Bhí altóirí éagsúla ag lonradh sa dorchadas laistigh, ola ime ag dó faoi íomhánna ildaite, scáthanna ag luascadh os a gcionn.

Chuala sé saol an teampaill ina thimpeall, sioscadh urnaithe ar snámh anála, seanscornacha á réiteach, cloigíní ag clingeadh, scuabáil urramach na gcos. Chuir sé an taifeadán ar siúl is rinne cur síos stadach ar a chuid imprisean. Ghabh sé giotaí fuaime chomh maith, é féin ina thost.

Bhí póirse ann ar an mbealach amach, roth ollmhór urnaithe ann, oilithrigh á chasadh go mall le seaftaí adhmaid, iad ag iomramh leo go foighneach, an mantra á rá is á athrá go síoraí. Díoscán rotha an domhain – thuig sé cumhacht na fuaime den chéad uair. Sheas sé faoin scáth, ag taifeadadh.

Tháinig sé chuige féin is dhírigh ar an bhfuaimrian a shábháil. I gcoinne an tsolais chonaic sé péire scáil i ndoras an phóirse. D'ullmhaigh sé don mhagadh, ach ní raibh diabhlaíocht ar intinn acu. Bhí údarás nádúrtha ag an gcailín ba shine, í láidir inti féin, leochaileach san am céanna. An deirfiúr óg thart ar a deich mbliana d'aois, í neamhshaolta mar a bheadh banphrionsa i scannán beochana. Thug Liam faoi deara a fhoirfe is a bhí an craiceann acu; luisne bhog sna gruanna i gcomparáid le griandath sláintiúil na mban. Bhí stócaigh agus girseacha le feiceáil ar fud na cathrach, iad tacúil, téagartha, ach ní raibh an loinnir úd ar a leicne riamh.

Le comharthaí láimhe, d'ordaigh an cailín ba shine dó na cluasáin a chur ar a deirfiúr. Céard a theastaigh uathu? Ceol? Bhí taithí ag Liam ar an éileamh sin ó dhaoine óga. Bhí an micreafón á iarraidh anois, aici féin. D'ardaigh sé chun a béil é. Ní raibh aon leanbaíocht sna súile. Nach mór ar comhaois leis féin. Comhartha dearfach lena smig; bhí sí sásta. Chuir sé an gléas ar siúl. Chinntigh sé go raibh an méid a bhí aige cheana féin sábháilte is chuaigh go deireadh an fhuaimriain le taifeadadh nua a thosú. Bhraith sé gairmiúil arís. Céard a bhí sí chun a dhéanamh? Amhrán a ghabháil, scéal a insint? Aithris ar yak?

Bhí a guth bog, íseal nuair a thosaigh sí, d'ainneoin na féinmhuiníne ina súile dubha, an neamhspleáchas i gclaonadh na smige. Tondath nár aithin sé, mar a bheadh fliúit nárbh adhmad ná miotal é, ach bunábhar aduain éigin.

Ag cur síos uirthi féin ar dtús, mheas sé. Lean sí uirthi, ag dul i dtreise is i ndearfacht. Bhí sí ag féachaint sna súile ar Liam, ach bhraith sé nach bhfaca sí é. Ní raibh ann ach mar a bheadh seastán don mhicreafón; seans go mbéarfadh sí greim ar a scornach chun é a tharraingt níos cóngaraí mar a dhéanfadh amhránaí. Bhí sí faoi lán seoil nuair a d'airigh sí clampar: a hathair á fiafraí lasmuigh den doras. Rop sí na cluasáin den deirfiúr agus bhí siad imithe.

———

D'éist Mike leis an taifeadadh sa bheár roimh dhinnéar. Bhí Judith ina suí ag bord eile, a ríomhaire ar oscailt, pictiúir an lae á lódáil. Aoibh ar Mike. D'aimsigh sé pé radharc a bhí uaidh le linn an lae. Ghoill sé ar Liam gur éirigh níos fearr lena athair ina aonar. Thug sé faoi deara tar éis tamaill go raibh roic in éadan Mike ag éisteacht le fuaimrian an teampaill. Stad sé an gléas, bhrúigh cluasán siar.

'Tá an fhuaim ar fheabhas, ach níl mé cinnte faoin

nguthú. Tá sé suimiúil mar chuntas, ach n'fheadar an mbeadh script níos éifeachtúla i gclár faisnéise? Scéal eile é tráchtaireacht reatha ar raidió beo, ach…'

'Tá an dá rogha agam,' arsa Liam, 'má leanann tú ort ag éisteacht.' Choinnigh sé an cantal as a ghuth.

'Maith thú!' a dúirt Mike tar éis tamaill, a chluasa lán de chloigíneacht is monabhar. 'Airím an boladh féin; lampaí ime agus ola aitil. Ach bí cinnte i gcónaí go bhfaigheann tú dóthain fuaime chun píosa maith scripte a iompar. Agus seachain díoscán láimhe agus cuimilt éadaigh.'

'Daid! Tuigim an méid sin. Bhí mé aireach.'

Chrom Mike chun éisteachta arís, na súile dúnta. 'Ní féidir liom bun ná barr a dhéanamh den mhír seo.' Leag sé na cluasáin ar an mbord. 'Tá sruth cainte agat nach bhfuil ciall ar bith leis. Cailín, an ea? Cén fáth nár iarr tú uirthi é a dhéanamh as Béarla? É sin, nó an taifeadadh a mhúchadh, agus ligean di stealladh ar a toil. An raibh sí ag iarraidh rud éigin a dhíol?'

Réitigh Judith a scornach. 'Mike!'

Gheit sé agus chas ina treo. Chnag sí lena hionga ar an scáileán. Chuir sí sraith grianghraf ar siúl – an Chearnóg, an teampall, na hoilithrigh, Liam, Liam ag taifeadadh, na hoilithrigh ina scuaine, Liam leis an micreafón, clann

Thibéadach, athair, máthair, iníonacha... Dhírigh sí isteach ar an gcailín – seat teann – na trilseáin lonracha, craiceann luisneach, na ceannaithe gleoite, an bród nádúrtha in iompar an choirp.

'Sea,' arsa Mike go machnamhach, a smig á cuimilt, 'sea, tuigim.'

2
Strainséir garbh

Liam ag siúl go haerach ó dheas ar chosán garbh ag a cúig mhíle méadar, ar a bhealach chun bualadh le Dixon. Sna sála air, toirt ollmhór an tsléibhe, oighearshruth ag titim ó bhun an Éadain Thuaidh. Magh mhór chlochach taobh thiar de Liam, leata amach mar a bheadh duirling i ndiaidh taoide oighir. Ansiúd a bhí Bun-Champa Thuaidh Everest. Spás, toirt, airde.

Dá gcasfadh sé a chloigeann agus é a chlaonadh siar idir a ghuaillí bheadh lán a shúl aige den mhullach ba mhó ar domhan, é ag lonradh faoi sholas an mheán lae. Bhí sé feicthe chomh minic ag Liam ó mhaidin go hoíche le trí nó ceithre lá gur faoiseamh dá shúile ab ea na maolchnoic ag síneadh ó dheas ar ardchlár na Tibéide. A uaireadóir caite ar leataobh, bhí laethanta na seachtaine ag sleamhnú uaidh agus b'éigean dó comhaireamh ón Satharn, nuair a shroich sé an láthair. Inniu an Mháirt?

Bhí campaí na dtascar éagsúil scaipthe ina gcoinfití ar chúlimeall an mhoiréin: Polannaigh, Gearmánaigh, Seapánaigh, Cóiréigh, agus eile. Pubaill ildaite san uaigneas dúliath; na céadta slat eatarthu chun príobháid a thabhairt.

Liam féin a shocraigh fáilte a chur roimh Dixon, fear nár bhuail sé riamh leis. Chloígh sé le gaiscígh a óige mar a chloígh sé lena athair, mín agus garbh. Ábhar amhrais dó nár bhog aon duine eile as an gcampa.

'Ná bí ag súil le ceiliúradh,' arsa Mike. 'Ach más siúlóid atá uait... Féach, ná téigh rófhada. Níl tú i dtaithí ar an airde fós.'

D'airigh Liam éadroime ina ghéaga, an laige is an mearbhall curtha de aige. Bhí a chuid anála faoi smacht, fonn air babhta reatha a thriail, amhrán a ghabháil. Shiúil sé suas de ruathar ar dhroimín beag is d'fhulaing brú anála, casúr sa chloigeann láithreach. Conas a d'fhéadfaí sliabh a dhreapadh?

D'airigh sé gluaiseacht i mbéal an ghleanna. Rófhada go fóill le haithint. Seanmhanach ina róbaí, é ina chnapán sa chlochdhíseart. Ní fhéadfadh Liam an mhainistir a fheiceáil. Bhí sí i bhfolach ar leataobh i bhfad ó dheas, na seanfhoirgnimh faoi cheilt ag droim sléibhe. Ach chonaic sé go soiléir – agus ghoill an radharc air – an t-óstán nua le haghaidh turasóirí agus ardfheidhmeannaigh an tsléibhe. Níorbh é go raibh sé mór, nó gránna fiú – ach bhí sé mínádúrtha – bosca fuinneogach ar imeall an tsléibhe.

Bhí cuairt tugtha ag Liam agus Mike ar an mainistir,

aithne aige anois ar an ab, seanfhear ciúin, maol, a cheap go raibh Liam chun an sliabh a dhreapadh is a thug a bheannacht dó. Nuair a fuair sé amach nárbh amhlaidh a bhí, chuir sé aguisín gealgháireach lena ghuí. Thaitin Mainistir Rongbuk le Liam, foirgneamh cloiche agus dóibe, cruth na haoise ar na ballaí ársa. Bíomaí móra adhmaid – ar ardchlár nár fhás crann riamh air. Shílfeá, mar a dúirt Liam lena thaifeadán, go raibh an mhainistir ar an láthair roimh Everest féin. Bhí, ar bhealach – mar níor baisteadh an t-ainm úd ar an sliabh go dtí na hocht déag caogaidí, i gcuimhne ar Shasanach nach ndearna rud ar bith ach suí ar a thóin in oifig léarscáileanna. Chomolungma ab ainm don sliabh roimhe sin, agus ab ainm dó go fóill. Bandia, Máthair an Domhain, i dteanga na Tibéide.

Bhí an siúlóir ag treabhadh ina threo, gan casadh ar leataobh mar a dhéanfadh manach ar ghnó éigin i gcúlán sléibhe. Cúpla céad slat eatarthu, rinne Liam an fear beag leathan amach, é chomh bolgchosach go raibh an bóthar taobh thiar de le feiceáil idir a ghlúine. Fear dubh a bhí ann, é sin nó bhí lán a aghaidhe d'fhéasóg mhór air. Ní raibh róba á chaitheamh ag an strainséir mar a shíl sé ar dtús, ach seaicéad ceangailte lena chromáin a bhí ag crochadh lena shála nach mór. Bhí hata leathan mar a bheadh muisiriún ar a cheann agus mála droma á iompar aige.

In ainneoin a chrutha, laghdaigh an spás eatarthu go ríthapa mar bhí an strainséir ag treabhadh chun cinn mar a bheadh tarbh beag, tréan. Bhí Liam féin ag siúl go mear, é i mbarr anála le heaspa aeir, agus ba bheag nár scinn siad thar a chéile ar a dtreo contrártha. Thuig Liam go raibh a dhúshlán á thabhairt. Cé go raibh glinniúint i súile an fhir, ní raibh sé chun focal a rá, amhail is go mbeidís ar High Street éigin agus ní ar mhoiréan uaigneach ar ghualainn an domhain.

Stad Liam, a ghéaga ag crith le teannas an taistil, a chlár éadain báite le hallas.

'Gabh mo leithscéal – ' Bhí préachán ina scornach. 'An tusa – ?'

'Sea?'

'An tUasal Dixon?'

Sháigh an strainséir a fhéasóg ina threo. 'Cé tá ag fiafraí?' Ní fhéadfadh Liam a rá cé acu ar sméid sé, nó ar chaoch sé leathshúil go trodach. 'Is mise Liam. Tá aithne agat ar m'athair, Mike? Fear ceamara? Tá sé féin agus Max sa Bhun-Champa, ag feitheamh ort. Shocraigh mise bualadh leat chun rud éigin a iompar – '

Ghéaraigh an tsúil ghorm arís. 'Dúirt siad nach bhféadfainn mo mhála a iompar, an ea? Bainfidh mise geit astu leis an méid is féidir liom a iompar!'

'Níorbh in é ar chor ar bith. Dúirt an tiománaí go raibh trealamh sléibhe agat – '

Comharthaí láimhe a rinne an tiománaí agus málaí Dixon á gcaitheamh amach sa Bhun-Champa aige. Léirigh sé go feargach go raibh fear ramhar ag siúl ina dtreo, ó bhéal an ghleanna, cúpla uair an chloig uathu. 'Níor thug Dixon séisín dó,' arsa Mike. Bhuail mála eile an talamh. Sháigh Max a dhorn ina phóca is tharraing amach nóta. Sracfhéachaint ón Síneach agus rug sé greim an díoltais ar mhála eile. Chuir Max an dara nóta leis, is an tríú ceann.

'Cladhaire Síneach,' a scread Dixon ar Liam. 'Rad sé tharam ar a bhealach amach, clocha á spraeáil mar a bheadh meaisínghunna. Ní bhronnfainn pingin rua air. Stad sé i ngach síbín idir Kathmandu agus Tingri.' Stán sé go tobann ar Liam, amhail is go mbeadh tuairim le nochtadh ag an bhfear óg i dtaobh tábhairní agus Dixon féin. Ní raibh, ach bhí Liam ag stánadh ar ais ar an sléibhteoir cáiliúil agus meascán den ghreann, den scéin, agus den amhras ina aghaidh. In ainneoin an luais a bhí faoi agus mála millteanach ar a dhroim, bhí sé deacair é a shamhlú in éadan sléibhe. Foghlaí b'fhéidir, ar bord loinge – ach é i mbun oighir nó carraige rite? Bheadh a bholg sa bhealach air. Mar sin féin, nuair a chroith Dixon lámh leis go muinteartha, thug Liam fad agus neart na ngéag uachtarach faoi deara. Béal dearg, clárfhiaclach i nead na féasóige agus na súile gléghorma nach mór dúnta le teann magaidh.

Chroith Dixon an t-ualach dá dhroim. Bhuail an mála an talamh de phlimp, mar a dhéanfadh ualach cloch. Chrom Liam chun é a ardú ach chuir Dixon stop leis. 'Tá mé buíoch díot as ucht do charthanais, ach déanaimse mo chuid sclábhaíochta féin. Tóg an ceann seo.' Mála ceamara, chomh trom gur dhóbair do Liam é a scaoileadh. 'Bí cúramach, a chara. Tá lionsaí ann a chuirfeadh éad ar d'athair féin. Is dócha go bhfuil Mike iomlán digiteach na laethanta seo?'

'Tá.' Liam cosantach is trodach san am céanna. 'Is féidir na pictiúir a sheoladh láithreach óna ríomhaire ar fud an domhain.'

'Sin é,' a d'admhaigh Dixon. 'Ní bhíonn éileamh ar bith ar mo chuidse pictiúr. Níl ionamsa ach sléibhteoir.' Lean sé air sula bhféadfadh Liam an ráiteas a mheá i leith a athar. 'Táimse san Iarnaois go fóill. Is fearr liom sleamhnáin chun léachtanna a léiriú.' Tharraing sé a mhála ón talamh, na strapaí ag geonaíl amhail is gur chirte dó an Chlochaois a rá.

'Tugann tú léachtaí? Ní cuimhin liom tú a bheith i mBaile Átha Cliath.' Bhí siad ag gabháil ar aghaidh le chéile, Everest os a gcomhair, Liam ar leathrith chun coinneáil taobh le Dixon.

'Cinnte, bhí mé ann.' D'amharc sé le híoróin ar Liam. 'Nuair a bhíodh tóir orm! Céard atá á dhéanamh agatsa i mBaile Átha Cliath, dála an scéil? Nach bhfuil Mike ina chónaí i Londain?'

'Is ann atá mo mháthair.' Uaireanta bhíodh fearg air, ach ba chuma leis anois. Níorbh fhiú a bheith ag súil le deisbhéalaí ón gcarachtar seo. Ach bhí tuisle bainte as an sléibhteoir. 'Tá rogha an dá fheabhas agat, más ea,' arsa Dixon.

'Go raibh maith agat. Táimse i mo bhall de chlub sléibhe. Ba bhreá linn tú a thabhairt anonn, má – '

'Má sháraím Everest?' Glam gáire. 'Féach a bhuachaill, is cuma le daoine faoi lucht Everest na laethanta seo. Chaithfeá do lámh féin a ithe sula gcuirfí suim ionat. Bhí bean torrach in airde anuraidh.'

Bhreathnaigh sé ar a bholg féin. 'Tá's agam cad a cheapann tú, ach seo mo stór bia don turas. Camall

sléibhe mé – dhá chruit, an mála agus an bolg. Fan go
bhfeicfidh tú – beidh mé chomh slim leat féin ar mo
bhealach amach.'

'Bheadh suim ag daoine i do léacht,' arsa Liam, an bolg
á chur ar leataobh. 'Tá na leabhair léite againn, na scéalta
ar fad: conas mar a shábháil tú na Seapánaigh ar
Annapurna; an stoirm úd ar Mhanaslu...'

'Eachtraí gan mullaí,' arsa Dixon go tur. 'Dá rachainn
go Londain nó go Learpholl, abair, gan ach Broad Peak,
Cho Oyu, agus cúpla cnoc eile faoi m'ascaill, ní bheadh i
láthair ach na seanfhondúirí a shraoilleann amach chun
bualadh le scáileanna a chéile. Ailleadóireacht rinceach is
mian le do ghlúinse – fad is a bhíonn sé slán sábháilte ar
ndóigh. Cuireann crampóin agus piocóidí oighir
scanradh oraibh.' Níor cáineadh Liam cheana: bhí
díspeagadh as faisean.

'Ní chuireann crampóin scanradh orainn! Níl aill ar
domhan inchurtha leis an éadan sin lastuas. Déarfainn go
mbeadh gach uile dhreapadóir óg ar aon tuairim liom.
'Hmph!' arsa Dixon, sásamh magúil ar a aghaidh. 'Cén
gnó atá agatsa anseo? Níl tú chun tabhairt faoin Droim
Thuaidh linn, an bhfuil?'

'Sin a cheapann cách,' arsa Liam, 'fiú an tAb. Níl
dóthain cleachta agam go fóill. Thug Mike go hAlbain

agus go dtí na hAlpa mé.'

'Ní chuireann easpa taithí isteach ar a bhformhór, geallaimse duit. Fágann siad an taithí faoi na Siorpaigh is gabhann siad in airde mar phaisinéirí. Cuir ceist ar Max.'

'B'fhearr liomsa,' arsa Liam, 'an mullach a shroicheadh as mo stuaim féin. Nó gan é a shroicheadh ar chor ar bith.' Bhí náire air faoin teanntás.

'Ó, an mar sin é? Glacfaidh mise le cabhair ar bith a bheidh ar fáil, go raibh maith agat. Beidh mé buíoch as síob le Mackenzie is na Poncáin. Má fhágann siad céimeanna móra ina staighre domsa, sin mar is fearr. Cá bhfuil na focars céanna faoi láthair, dála an scéil?'

'Imithe ar aghaidh leis na Siorpaigh is na yakanna. Dúirt Max go mbeidh an Bun-Champa Tosaigh suite acu ar an gCéadaoin. Amárach!'

'Max, an ea? Sin a dúirt sé? Níor imigh sé féin chun tosaigh leo?'

'Níor imigh.'

'Sin a dúirt mé. Níor imigh.'

Bhraith Liam tost ag titim ar a chompánach, mar a bheadh an t-aer ag fuarú. Las tuiscint ina chloigeann. Bhainfeadh na sléibhteoirí eile an mullach amach go luath in éineacht leis an dá Shiorpa. D'fhágfaí na campaí ar an láthair ag cúlú dóibh. Dixon in airde ina ndiaidh, gach rud ullamh agus in áit dó.

'Bhí Mackenzie liom ar Annapurna, tá's agat, nuair a thit an mhaidhm sneachta.' Léargas eile. Bheadh an tAlbanach marbh murach Dixon. 'An-chuid déanta againn le chéile i rith na mblianta. Gaiscíoch is ea an focar sin, ach cúpla focal dá chuid féin a bheith aige. Ní raibh sé mórán níos sine ná tusa nuair a thosaíomar ag saighdiúireacht le chéile.'

'Thugas faoi deara nach raibh sé cainteach,' arsa Liam.

Bhí siad ag teannadh leis an gcampa, gan laghdú ar an luas, mearbhall ina cheann ag Liam. Chonaic sé a athair agus Max i measc na bpuball, ag breathnú orthu. Go tobann, chas Max ar a sháil is shiúil go mear sa treo eile. D'imigh sé glan as radharc.

———

'Duine de na sléibhteoirí is fearr,' a thug Mike ar Dixon, 'nár shroich mullach suntasach riamh!' B'in níos túisce. Suite i mbeár an aerfoirt dóibh, bhí an togra á mhíniú aige dá mhac sular fhág siad an Eoraip. 'Sea, tá bailiúchán de na mullaí is mó aige, ach níl K2, Makalu,

Everest ná Kanchenjunga ina measc. Bhí mí-ádh air i gcónaí, agus an chraobh nach mór ina ghlac. Ar ndóigh, bhí an t-ádh leis freisin, sa mhéid is go bhfuil sé beo. Fuair a lán den ghlúin sin bás ag iarraidh bealaí nua a chruthú. Bhí sé de scil ag Dixon éalú i gcónaí.

'Chaill sé a sheans níos mó ná uair amháin dá bharr. Fágadh as tascair sna hochtóidí is na nóchaidí é toisc nach raibh a dhóthain 'misnigh' aige. Tá cuid dá lucht cáinte marbh anois agus Dixon chomh beo gránna is a bhí riamh. N'fheadar an fiú dó é? Sin é an scéal a bheidh á lorg againne: na heachtraí a bhain dó agus a dhearcadh orthu. Misneach nó mí-ádh? Mullaí nó marthanas? Milis nó searbh? Stuif na hóige is ea an laochas. Ní féidir le fear meánaosta a bheith ina laoch, gan a bheith ina leathamadán freisin.'

'Cén fáth? Níl ansin ach do thuairimse!'

'Mar bíonn an iomarca eolais ag daoine faoi, sin an fáth. Samhlaíocht an phobail a chruthaíonn gaiscíoch. Ní bhíonn rún ar bith fágtha ag leithéidí Dixon. Tá a fhios ag cách go n-ólann sé, gur cearrbhach é, go bhfuil sé trodach. Tá sé tréigthe ag a sheanchairde, urraíocht á lorg aige le haghaidh tograí nach dtarlaíonn.'

'Mura mbaineann Dixon an mullach amach,' arsa Liam, 'an mbeidh scannán againn?'

'Ó beidh. Beidh cinnte!' Rósciobtha. 'Beidh scéal againne cuma cad a tharlaíonn. Tá píosaí déanta agamsa le Dixon cheana, ag dul i bhfad siar. Beidh mé in ann gnéchlár a chur le chéile, ach scéal a fháil an turas seo.'

'Daid! Abair go dtagann sé ar cheamara Mallory san oighear agus na pictiúir fós ann! Cruthú gur bhain siad amach an mullach tríocha bliain roimh Hillary!' Bhí Liam chomh corraithe gur dhoirt sé a ghloine.

'Sea,' arsa a athair. 'É sin, nó pléascann sé.'

3
Agallamh sa Bhun-Champa

'Bhuel, Mike, gheall mé duit go dtiocfainn ar ais!' Bhí siad tar éis lámh a chroitheadh le chéile agus babhta iomrascála a chur leis, Dixon ag ligean air go raibh sé compordach. Thug Liam faoi deara go raibh cliabh an tsléibhteora ag díoscán mar a bheadh seanchairdín is go raibh a chlár éadain corcra.

'Do mhac anseo, Mike, róthapa domsa. Ar sodar an bealach ar fad. Mise ag cur m'áthán amach. Tabhair domsa mar phrintíseach é; ní fada go mbeidh sé ar mhullach an domhain.'

'Printíseach dom féin é. Tá sé an-mhaith i mbun fuaime cheana féin.'

'Fuaim!' An glam gáire arís. 'Níos measa ná drumadóir i mbanna ceoil. Ní thugann aon duine aird ar lucht fuaime!'

'Tá an ceamara á fhoghlaim agam freisin!'

'Éirigh as, Dixon!' Foláireamh. 'Tá sé fós ar scoil. Déanfaidh sé a rogha féin amach anseo.'

'Mholfainn dó a bheith ina stiúrthóir. Mise agus tusa

Mike, ceamara agus crampóin, oibrímid ródhian. Capaill oibre. Léiritheoirí agus stiúrthóirí ag saothrú ar ár gcuid allais... Dála an scéil, cá bhfuil an boc eile agus muid ag trácht ar stiúrthóirí?'

'Gnó éigin aige leis na Gearmánaigh taobh thiar dínn. Is dócha nár thuig sé go raibh tú sa chóngar.'

'Gearmánaigh! An mhias mhór satailíte, an ea? Bhí a fhios agam nach raibh Max tar éis infheistiú. Gheobhaimid an aimsir ar athláimh.'

'Gearrfaidh siad costas trom,' arsa Mike.

'Chomh fada is nach ngearrtar orainne é! Beimid ag dul in airde caoch, an spéir á léamh againn.'

Tháinig an cócaire ón bpuball bia leis an lón. Fear beag, droimleathan, de mhuintir Rai, aghaidh dháiríre air a las go tobann nuair a rug Dixon greim láimhe air is labhair cúpla focal leis ina mhionteanga féin in ionad teanga choitianta Neipeal. Chrom Asha go híseal, a dhá lámh dírithe i bpointe faoina smig agus an beannú á fhreagairt aige.

'Cá bhfuil cónaí ort?' a d'fhiafraigh Dixon. 'Solu, an ea?'

'Mani Dingma, Solu.'

'Seanaithne agam air. I scáth an Trakshindo La?'

'Níor chaill tú riamh é!' arsa Mike ina dhiaidh. Dixon chomh sásta le cat a mbeadh póca air. 'Ní foláir an cócaire a ghiúmaráil…' ar seisean. 'Is deas liom muintir Rai a fheiceáil in airde. Bíonn greim ródhaingean ag na Siorpaigh ar an sliabh.'

Leag Asha na plátaí amach ar bhord éadrom: sailéad, rís, prátaí beirthe, sliseanna galánta feola agus ualach mór chapati, an t-arán tanaí sléibhe. Chuir gairmiúlacht agus ilghnéitheacht na cócaireachta ionadh ar Liam arís. Shíl sé roimh theacht dó go mbeidís ina suí ar an talamh ag soláthar dóibh féin le Primus nó sorn gáis. Ní raibh ag Asha sa seanphuball ach clocha faoi chois, raca de photaí éagsúla, báisíní níocháin agus dóirí móra pairifín. Sruthán uisce tamall ón gcampa.

Bhí an spás chomh glan le cistin mhíleata cheana féin. Bhí málaí ríse, prátaí agus oinniúin ar leataobh, uibheacha ina sraitheanna ar chúl agus an t-arán bán a ceannaíodh in Tingri ag bun an ghleanna staiceáilte ina mhulláin ar chlár taobh thiar arís. Bhí sé tugtha le fios ag Max nach mbeadh a thuilleadh aráin ar fáil nuair a bheadh an méid sin caite. Ba chuma le Liam. Bhí sé beartaithe aige cheana féin Siopa Chapati a oscailt i mBaile Átha Cliath.

Bhí bairillí gorma, i gcarn sa chistin faoi ghlas, bia sléibhe iontu, le cur chun cinn ar yakanna chomh luath is a bheadh an Campa Tosaigh suite. Go dtí go mbeidís imithe in airde bhí sé de chinneadh ag Asha an oíche a chaitheamh leo mar gharda, clocha loma faoina dhroim agus sciortaí an phubaill oscailte don aimsir. Mhol Mike go lonnófaí na pubaill phearsanta thart timpeall ar an gcistin chun Asha a shaoradh.

'Fág faoin bhfear féin é,' a d'ordaigh Max. 'Tuigeann sé a dhualgas.'

Thaispeáin Asha cad a tharlódh do ghadaí ag sleamhnú isteach sa phuball – dorn i lár a éadain ag feitheamh air. Léirigh sé an tsrón ag gobadh amach trí chúl an chloiginn agus an robálaí ag teitheadh. Ar fheiceáil dó gur bhain Liam taitneamh as an taispeántas, léirigh sé yak ag smutaireacht faoin bpuball, an dorn céanna agus an yak ar a tharr in airde.

Nuair a bhí na prátaí, na glasraí, na málaí plúir curtha ar thaobh na gaoithe den phuball, chóirigh sé leaba mhanaigh le cairtchlár ar an talamh. Bhí a mhac, Pavidhan, ar a bhealach ó Neipeal le hualach breise bia agus trealamh sléibhe. De réir scéala, bhí sé ar comhaois le Liam a bhí ag súil le compánach. Shamhlaigh sé conbhua de leoraithe, an fear óg ina shuí in airde go buach ar an gcéad cheann.

Cuireadh na fadhbanna dosháraithe a bhaineann le

campa ar leataobh: 'Réiteoidh Pavidhan é sin!' Ba é an gnó ba phráinní a bhí ag feitheamh air ná canáil a thochailt trí chloch is charraig go dtí an t-uisce na céadta méadar ar shiúl. Bheadh a thuairim féin aige conas é a bhrú in airde in aghaidh na fána.

———

Bhí Dixon suite ar stóilín canbháis, tar éis dó an campa a shroicheadh, leabhar á léamh aige, tuáille timpeall ar a mhuineál in aghaidh an allais. Céimeanna troma ag druidim go tapa ina threo. Níor ardaigh sé a chloigeann as an leabhar go raibh an mháirseáil nach mór buailte leis. Chas sé coirnéal a leathanaigh, dhún an leabhar is d'éirigh. Bhí mullach a chinn maol agus tharraing sé binn den tuáille thairis. Cuma iomrascálaí air.

Dornálaí a thabharfadh Max chun cuimhne. Sé orlach níos airde ná Dixon, glanbhearrtha, mórchnámhach. Fisiciúil, acadúil san am céanna, teannas éigin sa chodarsnacht. Ní raibh spraoi ar bith eatarthu mar a bhí ag Dixon agus Mike. Dreas beag cainte, chomh foirmeálta le hagallamh, agus scar siad.

Cé go raibh Max séimh le Liam, bhí boladh an údaráis uaidh, faoi mar a bheadh sé ina phríomhoide i saol eile.

Bhí leithleas ina shúil, nuair a bhuail Liam leis ar dtús, amhail is gur ag féachaint ar bhuachaill breise sa rang a bhí sé.

'Cúraimí troma air, is dócha,' arsa Mike. 'Beidh na Poncáin deacair a shásamh.'

Bhí Max iontach crua, a thug Liam faoi deara. Ba chuma leis fuacht nó teas. Bhí daoine eile feistithe sna héadaí ba theicniúla ach chaith Max léinte breacáin, agus seaicéad bréidín, fiú san aimsir gharbh. Ag tabhairt le fios, b'fhéidir, go raibh difríocht idir sléibhteoireacht agus bainistíocht.

Ó lár na hEorpa dá mhuintir, de réir Mike. Tógadh Max i Meiriceá ach d'fhill sé ar an Eoraip, ina chónaí idir Sasana is an mhór-roinn. Bhunaigh sé gnó sléibhteoireachta idirnáisiúnta tar éis dó Everest a dhreapadh. Ní raibh sé ina shléibhteoir oilte an t-am sin, ábalta aire a thabhairt dó féin. De réir leithéidí Dixon, ní raibh ann ach turasóir á thionlacan chun an mhullaigh. Shroich sé an mullach den dara huair chun poiblíocht a ghnóthú.

Léirigh sé stair an tsléibhe do Liam. Na hainmneacha, dátaí, an airde go pointeáilte aige.

'Féach ar an Éadan Thuaidh. An bhfeiceann tú an t-altán ar dheis? Taobh leis an Droim Thiar.'

'An Hornbein Couloir?'

'Sin é. An bhfuil a fhios agat cérbh é Hornbein?'

'Níl… Dhreap sé é?'

'D'fhéadfá a rá. An Dochtúir Thomas F. Hornbein. Meiriceánach, as San Diego. Rinne sé an chéad trasnáil iomlán den sliabh. *1963*, nárbh ea? Suas an Droim Thiar de réir an altáin úd, thar an mullach agus anuas an Droim Thoir Theas go Neipeal.'

Sháigh Mike a ladar isteach. 'Nár chaith sé oíche in aice leis an mullach gan mála codlata ná faic?'

'Ní raibh mé chun drochshampla a lua.'

Chuir Liam suim san eachtra. 'Cad a tharla dó?'

'Faic,' arsa Mike. 'Chaill a chompánach a bharraicíní. Naoi gcinn. Ach bhí Tom go breá. Rinne mé agallamh leis cúpla bliain ó shin ag féile scannánaíochta. Chomh bríomhar is a bhí riamh. Thart ar cheithre scór.'

'*1963,*'a mheabhraigh Max go tur. 'An chéad trasnáil iomlán den sliabh.'

'Cheapas go raibh aithne ag Max agus Dixon ar a chéile cheana?' arsa Liam níos déanaí. Bhí a athair ag iarraidh painéil ghréine a chur ina seasamh i gcoinne carraige chun na batairí a luchtú.

'Tá,' arsa Mike, 'seanaithne. Seo, beir greim ar an sreang, le do thoil.'

'Ach bhí siad ina strainséirí inniu. Cheapas go mbeadh orm iad a chur in aithne dá chéile.'

'Strainséirí? B'fhéidir gurbh amhlaidh ab fhearr. Ná bac leis na ceisteanna. Tá fadhb leis an bhfearas anseo.'

D'fhill sé ar an ábhar tar éis tamaill. 'Síleann Max go rachaidh sé chun tairbhe dá chomhlacht má chuireann sé Dixon ar an mullach. Tá conradh eatarthu. Cearrbhach de shaghas is ea Max freisin. Níor éirigh go rómhaith leis le déanaí, comhlachtaí eile á bhrú ar leataobh. Tá a shúil aige ar an margadh Meiriceánach anois. Sin é an fáth go bhfuil na Poncáin in airde.'

'Caitheann sé go breá liomsa,' arsa Liam. Tost, agus macalla.

'Bí cúramach lena chuid scéalta. Ní haon eiseamlár é. Péire deas an bheirt acu. Ní raibh mé chun mórán a rá, ach b'fhéidir gurbh fhearr tú a chur ar an eolas... An chéad uair anseo dóibh, seoladh Max agus scriosadh Dixon laistigh den dá lá chéanna. Ní thig leo scaradh ó shin. Rinne Max slí bheatha as an sliabh. Mí-ádh i gcónaí ar Dixon.

'Lena cheart a thabhairt do Max, thug sé cliaint don bhoc eile i rith na mblianta. Chun é a chiúnú is dócha.

Loic Dixon air. Thréig sé baincéir saibhir ar bhuaic an Eiger tráth. Níl teorainn leis… Anois tá an comhlacht i sáinn, is tá siad le chéile arís.'

'Cén fáth ar tháinig tú? Níl muinín ar bith agat astu?'

'Sa chéad dul síos, a dhuine uasail, glacaim le hobair de réir mar a thagann sí.' Tháinig miongháire ar a aghaidh. 'Sa dara háit – nár gheall mé na sléibhte ba mhó ar domhan duit leis na blianta?' D'iompaigh sé ó thuaidh.

'Bhuel, seo iad. Bainimis spraoi astu!'

———

Bhí Liam ar bís chun an Bun-Champa a thréigean agus dul in airde i dtreo an Champa Thosaigh. Lá sosa caite ag Dixon ar chlár a dhroma ina phuball féin, na béilí á seoladh chuige. Mike ar bior: ní fhéadfadh sé príomhagallamh a dhéanamh. Bhí Mackenzie, na Poncáin, an dá Shiorpa imithe le ceithre lá. Bheadh an Campa Tosaigh suite agus iad ag ullmhú chun fogha a thabhairt faoin mBearna Thuaidh, an chéad chéim eile, seacht míle méadar.

'Dúirt mé leat,' arsa Mike, 'gur tháinig siad anseo ó Cho Oyu. Bhí siad in airde trí seachtaine ó shin. Bhí tusa i Londain roimhe seo. Chomh maith agat a bheith ag bun na farraige maidir le hairde.'

'Baile Átha Cliath,' arsa Liam.

'Seachain an micreafón…'

'Bhí mé i mBaile Átha Cliath trí seachtaine ó shin.' Macalla arís. Mo shaol féin agam.

'Sea. Bhuel, ní dóigh liom go bhfuil Baile Átha Cliath orlach níos airde ná Londain, an bhfuil?' Tagairt ar bith do mháthair Liam ní dhéanfadh sé. D'airigh Liam go raibh brath de shaghas ar siúl. Scoil, spórt, caitheamh aimsire, cailíní sa rang, d'fhéadfaí iad a phlé – ach bhí an bhearna bhalbh sa chúlra i gcónaí.

B'in an fáth nár chuir sé ceist faoin gclann i Londain, cé go raibh éad ag borradh ina chroí. Ghoill an mothúchán air. Agus bhí Mike giorraisc, amhail is go mbíodh sé ag smaoineamh ar an maicín dáiríre, is gur bhraith sé uaidh é. Bhíodh Liam féin uaigneach sa bhaile go minic agus tost ag titim ar a mháthair de réir mar a sciorr na blianta thart. Imní uirthi go gcaillfeadh sí é agus ba leasc léi scaoileadh leis. Cé go raibh tuiscint instinneach ag Liam di, ba mhó ná riamh a thoil chun éalaithe. Ach anois, bhí sé féin agus a athair taobh le taobh ag bun sléibhe, ar ardchlár na Tibéide, agus spás an domhain eatarthu.

D'éirigh Dixon go luath an dara maidin sa champa dó. Má bhí sé luath, bhí Max níos luaithe, a bhricfeasta caite cheana féin aige agus é imithe go campa na nGearmánach. Ba í an mhaidin an t-am ab áille sa Bhun-Champa, dar le Liam, seachas dul faoi na gréine, nó b'fhéidir meán oíche, spéir greagnaithe le réalta…

'Féach,' arsa Mike le Dixon, 'níl an fón satailíte curtha le chéile aige go fóill. Gheall Max go mbeadh córas nua aige. Má tá, ní anseo atá sé.'

'Go maith,' arsa Dixon, 'níor tháinig mé anseo chun teileafón a úsáid.' Bhí an poll ina fhéasóg á líonadh aige le meascán Muesli agus leite meala.

'Sea! Bhuel, ná fág Aois na Cumarsáide go fóill le do thoil. Tá tús á chur leis an agallamh sin inniu.'

'Inniu? Táimse ag dul in airde inniu. Nach féidir é a dhéanamh sa Champa Tosaigh?'

'Ní féidir! Féach, ná tosaigh ormsa … ' Chas sé chun a mhic, a chuid feirge á cúbadh chuige. 'Liam, an bhfaighfeá an … Faigh an dialann ghlas as mo phuball, le do thoil. Sa mhála dubh.' Leithscéal ag Liam teitheadh ón teannas. Agus é ag tochailt sa phuball, chuala sé na glórtha in achrann. Phléasc Dixon amach ag gáire. Nuair a d'fhill Liam, bhí siad socair arís, cé go raibh dath ar leicne a athar agus sásamh an ghrinn ar éadan an tsléibhteora.

'Ní féidir liom an mála a aimsiú. B'fhéidir go bhfuil sé sa phuball bia?'

'Ó, ná bac, tá sé anseo agam. Gabh mo leithscéal.'

Bhí cloch fós le caitheamh ag Dixon. 'Beidh mise ar mo bhealach ag am lóin ar a dhéanaí. Caithfear é a dhéanamh roimhe sin.'

'Ní ormsa a bheidh an locht mura ndéantar,' arsa Mike go searbh.

———

Chuir sé an tríchosach ina sheasamh agus shocraigh sé an ceamara in airde air. Cé go raibh fearg air go fóill, bhí rithim nua ina ghluaiseacht a léirigh go raibh an togra ag tosú, go foirmiúil, faoi dheireadh. Ní raibh sa mhéid a bhí déanta roimhe sin ach réamhullmhúchán.

Bhí Dixon ag múitseáil os comhair a phubaill, críoch á cur aige leis an bpacáil sléibhe. Ach bhí cuma úr air – bróga agus éadaí sléibhe air, piocóid á meá aige i gcoinne cinn eile, rogha ghairmiúil á déanamh. Bhí an fear siúil, an t-iomrascálaí, an t-abhlóir curtha de aige, a cheird soiléir ina dhreach is a dheilbh.

An trealamh fuaime ar an láthair ag Liam. 'An mbeidh sé ina sheasamh?' Bheadh maidhc raidhfil le búm fada in úsáid.

'Ina shuí, b'fhéidir. Bíodh an dá rogha againn.' Mike ag láimhseáil lionsaí, an ceamara dírithe ó dheas i dtreo bhéal an ghleanna. Tháinig Liam ar ais le cathaoir Dixon agus shocraigh os comhair an cheamara é. D'ardaigh Mike a cheann. 'Cén treo,' ar sé go mall, 'a mbeimid ag scannánú?'

'An treo seo? Is dócha?' Bhí Liam ag féachaint ar an gceamara.

'Cén chiall atá leis sin? Níl ach deannach agus cnocáin sa chúlra. Cá bhfuil an solas? Nach é sin an prionsabal atáim ag iarraidh a chur in iúl lá i ndiaidh lae? Bíodh solas ar an ábhar má tá solas ann. Má shuíonn sé ansin, beidh scáil ar a aghaidh.'

Bhí Liam chun a rá go raibh an fhéasóg chomh gruama le scáil ar bith ach d'fhan sé ina thost. D'ardaigh sé an chathaoir, shiúil go mall taobh thiar dá athair agus leag ar an talamh arís í. Taobh lena shúil bhraith sé cuisle ghéar ag preabadh. Bhí suim aige sa cheamara, thuig sé cúrsaí solais, ach cén fáth ar chas a athair an trealamh sa treo mícheart? An raibh sé ag iarraidh é a chur ar strae, triail a chur air?

'Suigh tusa sa chathaoir, a Liam, go bhfeicfimid.' Chas sé an ceamara céad is ochtó céim is bhreathnaigh sa súilphíosa. 'Cén fáth a bhfuil strainc ort?' Bhí cúram ina ghlór. 'Níl aon mhaitheas sa radharc sin; ní bheidh ach bun an tsléibhe sa fhráma.'

'Céard faoi dhul in airde ar an droimín sin thall?' arsa Liam. 'Tá carraig in airde agus d'fhéadfá Dixon a chur ina shuí go nádúrtha, bheadh an ceamara níos ísle agus an sliabh iomlán sa raon radhairc.'

Chaith Mike sracshúil ina thimpeall. 'Sin í an chomhairle is fearr a chuala mé sa champa seo le cúpla lá,' a d'admhaigh sé, 'ó dhuine ar bith. Níl ach locht amháin air. Má éiríonn an ghaoth – agus éireoidh – ní bheidh scáth ar bith againn thuas. Tá's agam nach bhfuil sé ach deich méadar in airde, ach beidh gach leoithne ina stoirm ann. Scáth againn anseo ar a laghad.' An fhírinne ghlan sa mhéid sin, a thuig Liam. Bhí an ghaoth ag treisiú i rith na maidine.

'Níl ach an t-aon réiteach ar an bhfadhb…' arsa Mike, ag smaoineamh os ard.

'Dixon ina sheasamh,' arsa Liam d'aon ghuth.

'Dixon ina sheasamh anseo! Seas tusa isteach nóiméad go bhfeicfidh mé. Leataobh cúpla orlach… siar beagáinín… níos faide… rófhada. Píosa beag níos gaire. Sin é anois. Cuir marc ar an láthair sin agus faigh mo dhuine, sula n-éalaíonn sé.'

Bhí damhsa eile le déanamh sular thosaigh an t-agallamh. Liam ar leataobh, an micreafón mór ar pholla insínte aige, scáth gaoithe ar an maidhc féin, an meascthóir crochta ar a bhrollach aige, na cluasáin ar a chloigeann, sreanga ina n-eangach idir é agus an ceamara. Bhí Dixon ina sheasamh ar a mharc ar nós cuma liom, é tar éis bogadh cúpla uair cheana féin agus an seat a scrios.

'Isteach, isteach, isteach. Síos, síos. Ró-íseal. Ardaigh. Orlach eile. Sin é.' Shín Liam an maidhc isteach os cionn Dixon, an pointe ba chóngaraí á lorg go mbeadh an fhuaim ab fhearr ar fáil gan an maidhc a bheith le feiceáil sa seat. Scaoil Dixon gnúsacht – idir chnead agus osna. 'Tá mise sa bhealach oraibh. Níl bhíonn tábhacht ar bith leis an agallaí. Suirí idir lionsa agus micreafón atá ann le fírinne.'

'Sea, lean ort ag caint. Conas atá an fhuaim, Liam? Glan?'

'Tá rud éigin aisteach. Faoi mar a bheadh traein ag dul thart.'

'Mo bholg,' arsa Dixon. 'Tá ocras orm.'

Scaoil Mike mionn, chuir cluas air. Leath ionadh ar a aghaidh. 'Is traein atá ann. *The Rongbuk Express.*' D'amharc sé timpeall. 'An gineadóir! Bastaird. Níos measa ná traein. Beidh orainn bogadh… Fan! Liam, triail an maidhc go híseal. Tar isteach faoi bhun a bhásta.'

Ní raibh aon bhásta ag Dixon, ach dhírigh sé ar a bhúcla. 'Sea, abair leat anois…'

'Mary had a little lamb…' arsa Dixon.

'Glan! Bíodh sé glan!' Cheap Liam go raibh a athair ag tagairt don fhuaim, go dtí go bhfaca sé an gháirsiúlacht i súile Dixon. Neamhurchóid ina dhiaidh. '…*it's fleece was white as snow. And everywhere that Mary went…*' Ní raibh an traein le cloisteáil a thuilleadh, bolg Dixon sa bhealach air.

'Ullamh?'

'Sea.'

'Ar siúl!'

———

A luaithe is a thosaigh Dixon ag cur síos ar an sliabh don cheamara, chuir sé an magadh agus an searbhas de. Choinnigh sé an marc is labhair go líofa. Bhí Mike ina agallóir taobh thiar den cheamara, na ceisteanna á gcur aige. Leag Dixon amach na fáthanna go raibh sé ann, na hiarrachtaí a rinne sé cheana, an tábhacht a bhain le hEverest dó – agus, le súilfhéachaint thar a ghualainn – a thuiscint ar na cúinsí sléibhe a bhí i bhfeidhm faoi láthair.

'An gcuireann sé as duit é a thriail ar bhealach éasca le gnólacht sléibhe,' arsa Mike, an cheist dheireanach á caitheamh chuige, 'in ionad bealach níos dúshlánaí a dhéanamh le tascar traidisiúnta? Tá lucht critice ann a thugann "turasóireacht sléibhe" ar an modh atá in úsáid anseo.'

Shíl Liam gur fhan Dixon bomaite, an t-ionsaí á scagadh aige. Ní bheadh ionadh air dá bpléascfadh sé, fiú i bhfianaise an cheamara.

'Sa chéad dul síos, níl aon bhealach éasca ar Everest. Tá cruthú air sin sa reilig ar an moiréan. Níl an mullach orlach níos ísle cuma cén bealach a ghabhann tú. Tá trasnáil achrannach le déanamh ag barr an Droma Thuaidh, breis is ciliméadar ar fad, agus an ciliméadar céanna ar ais, gach céim de os cionn ocht míle méadar. Sin é "zón an bháis" don chorp daonna. Bíonn a chrois féin á hiompar ag gach aon duine a ghabhann an bealach sin.

'Ní dhéanfaidh sé difear dá laghad cén sórt tascair a bheidh laistíos agus an trasnáil sin le déanamh. Eagraíonn an comhlacht an turas, ceannaíonn siad an ceadúnas, cuireann siad fearas agus córas iompair ar fáil, fostaíonn siad na Siorpaigh. Ní dhéanfaidh aon chomhlacht an dreapadh dom. Mise a thógfaidh na céimeanna – má thógtar iad. Is iad mo scamhógasa a bheidh i mbun anála os cionn ocht míle méadar.

'Tá mé ag súil go ndéanfaidh mé é gan ocsaigin bhreise, ach níl mé chun íobairt a dhéanamh díom féin. Má bhainim amach an mullach bealach an Droma Thuaidh, ní bheidh díspeagadh ar bith sa mhéid sin – ormsa nó ar mo sheanchomrádaithe. Ní bheidh luaithreach á scaipeadh agam agus ní bheidh mé ag guí. Ach beidh mé ag cuimhneamh orthu in airde. Sin í an phaidir is tréine ar son sléibhteora.

'Ar fheabhas,' arsa Mike. 'Go raibh maith agat.' D'ardaigh sé a cheann, a ghnó déanta. 'Sin é an réamhrá. Tógfaidh sé go dtí an Campa Tosaigh muid.'

'*Right-oh,*' arsa Dixon. 'Mise ar mo bhealach in airde.'

'An raibh an fhuaim i gceart, a Liam?' Bhreathnaigh siad beirt air.

'Sea, do bhí. Ach – '

'Ach! Ach cad é?'

'Ach – bhí mé ag súil le – le píosa raidió a dhéanamh sula n-imíonn...'

'Liam! Tá deifir ar an bhfear seo.'

'Ní chuirfidh píosa raidió moill orm,' arsa Dixon. 'An ceamara a dhéanann an dochar. Tá mo chathaoir ansin agat. Ligfidh raidió dom mo dhroim a thabhairt don ghrian.'

Bhí an taifeadán ar siúl ag Liam cheana féin, na cluasáin ar a chloigeann.

'An ndeachaigh tú go deireadh an phíosa?' arsa Mike. Níor thug Liam aird air, an micreafón á shá go béal Dixon.

'Liam. Éist! An ndeachaigh tú go deireadh a bhfuil taifeadta agat cheana? Ní fhaca mé thú...'

Chas Liam chun a athar, ionadh ar a aghaidh. 'Diosca nua atá ann. Níl aon dul ar aghaidh i gceist. Tá a fhios agam conas é a dhéanamh.' Dixon ina shuí, dea-mhúinte, gan oiread is meangadh ar a bhéal.

'Ó gabh mo leithscéal,' arsa Mike. 'Tá brón orm.' D'fhág sé an ceamara ar an tríchosach agus d'fhill ar an gcampa.

'Freagróidh mé sa tslí is gur féidir do chuid cheisteanna a ghearradh, más mian leat,' arsa Dixon. 'An ndéanfaidh sé sin an gnó?'

'Níl mé cinnte.'

'Bhuel, sin é an bealach is fearr don eagarthóir de ghnáth.'

'Ceart go leor.' Thum sé isteach. 'An bhfuil eagla ort?'

'Caithfidh mé a rá go bhfuil eagla orm ag teacht go hEverest arís tar éis fiche bliain. Bíonn imní chomh tábhachtach le misneach uaireanta. Cosaint is ea é ar easpa céille.'

'Cén cineál eagla a bhraitheann tú?'

'Is dócha gurb é an eagla is mó atá orm ná go dteipfidh orm… nach mbeidh mo chorp in ann an turas iomlán a dhéanamh. Beidh mo thoil láidir go leor, tá mé cinnte. Ach is é an rud is géire a ghoilleann ormsa, agus mé caoga bliain d'aois, ná go gclisfidh mo chorp orm. Tá drochíde tugtha dó feadh mo shaoil, agus d'fhéadfadh sé díoltas a bhaint amach.'

'An mbeidh díomá ort mura n-éiríonn leat?'

'Beidh ualach mór díomá orm mura n-éiríonn liom. Tá nós ag sléibhteoirí freagraí fealsúnacha a thabhairt… "Rinne mé mo dhícheall agus tá mé sásta." Seafóid! Níl aon duine sásta le teip. Glacaimid leis, ach sin scéal eile. Éiríonn sé níos measa le haois, dála an scéil. Ní folláir taca eile, taca bunúsach a bheith faoi do shaol, chun an díomá sin a sheachaint. Bean chéile, b'fhéidir. Clann. Gradam. Ach dá mbeadh a leithéid ag duine cén fáth a gcuirfeadh sé i mbaol é?'

'An é an mullach an t-aon toradh fiúntach sa chás sin?'

'Tá an mullach seo fíorthábhachtach domsa. Cloisim daoine a rá go bhfuilim ag sciorradh le fána le deich mbliana anois. Sin tamall fada le bheith ag sleamhnú gan an talamh a bhualadh. B'fhéidir go raibh mé níos airde ná mar a cheapas. Má bhainim amach an mullach seo, ag iompar m'ualaigh féin, gan ocsaigin, beidh sé soiléir go raibh brí agus feidhm ag baint leis an tréimhse sin.

'Fiche bliain ó shin, cailleadh cairde liom ar an mullach agus tháinig mise slán. D'imigh siad in airde; chuaigh mise síos. Sin an difear. Braithimse anois is arís go bhfuilim ag maireachtáil i bhfolús éigin. Sin a tharlaíonn nuair a chailleann tú muinín as do bheatha féin. Ní foláir dúshlán an fholúis a thabhairt lá éigin agus brí a bheith leis an saol arís. Más féidir sin – agus níl mé cinnte gur féidir. B'fhéidir gur leor an iarracht ann féin chun an croí a mhúscailt. Déarfaidh mé leat amach anseo, a Liam, má fhaighim freagra.' Chroith sé a chloigeann, ag teacht chuige féin.

'Sin idir mise agus tusa agus an raidió scoile, a bhuachaill. Má éiríonn liom, is cuma faoi. Caillfear sa cheiliúradh é. Mura n-éiríonn, bhuel…?' D'éirigh sé ón gcathaoir is shiúil go mall chun a phubaill, rug greim ar a mhála is d'imigh leis.

'Bhraitheas,' arsa Liam lena athair, na cluasáin á mbaint go mall aige, 'go bhfuil ualach níos mó ar an bhfear sin ná mar a fheicimid ar a dhroim.'

'*Uh-oh*. Thug sé na deora duit?'

Gothaí troda ar Liam. 'Bhí sé níos oscailte ná mar a bhí leatsa. Mhaslaigh tú é.'

'Níor mhaslaigh. Caithfidh tú an cheist chrua a chur chun freagra suimiúil a fháil. Tuigeann Dixon an próiseas. Tá sé ag gabháil dó le fada. Is aisteoir gairmiúil é. Déanann sé gol chomh héasca le cailín. Féach, tá Bonington mar an gcéanna. Tionchar na hairde, b'fhéidir, ar na deoirdhuchtanna – nó seantaithí acu ar an gceamara is ar an bpobal. Tógann Dixon air féin gach bás sléibhe a tharla ina theannta. Cathú marthanais – *survival syndrome*, a thugann saighdiúirí air. Faoi mar bheadh an locht air nár shábháil sé iad … Go raibh an chumhacht sin aige. Ní raibh.

'Ná déan dearmad go raibh mise anseo fiche bliain ó shin. Ní dheachaigh Dixon níos airde ná Campa a Trí. Bhí sé i bhfad uathu nuair a bhris an stoirm. Taibhse ab ea é nuair a shroich sé an Campa Tosaigh. D'imigh buíon tarrthála in airde i ndiaidh na stoirme. Ní dheachaigh seisean leo.'

'An ndeachaigh tú féin?' Liam ionsaitheach.

'Mise? Tuairisceoir! Bíodh ciall agat. Bheadh orthu mise a shábháil ar dtús. A Liam, níl aon éirí in airde ormsa faoi mo scileanna sléibhe.'

'Gabh mo leithscéal,' arsa Liam, náire air. 'Ach cheapas, ag éisteacht leis, nach bhfeicfimis arís é, ar bhealach éigin.'

'Feicfidh. Ná bíodh amhras ar bith ort. Feicfidh. Beimid bréan dá fheiceáil.' Bhí inneall garbh ag tiaráil ina dtreo. 'Maith an rud é go bhfuilimid críochnaithe le fuaim,' arsa Mike.

——

Stad an jíp sa champa, an dealramh air nach dtosódh sé go deo arís. Níorbh é an Síneach tarcaisniúil a bhí á thiomáint, ach Tibéadach trom, an chuma air gur mhalartaigh sé capall ar an bhfeithicil is go ndearna sé drochmhargadh. Bheadh náire ar Liam níos déanaí nuair a d'fheicfeadh sé an t-inneall á struipeáil go gasta ag an bhfear céanna chun fabht a dheisiú.

'Bheadh an meaisín sin caite ar leataobh fiche bliain ó shin i dtír ar bith eile,' arsa Mike. 'Beidh sé ag raitleáil ar aghaidh ar Ardchlár na Tibéide fós i gceann deich mbliana eile. Cuireann siad fuil yak sa bhreosla.'

Bhí an seanjíp líon lán d'earraí: boscaí agus málaí ag bolgadh amach as na fuinneoga, earraí anaithnide ar raca ar an díon.

Bhí buachaill ina shuí i lár baill, carn nithe éagsúla timpeall agus anuas air. Indiach a thabharfadh Liam ar dtús air, dhá bhliain déag d'aois b'fhéidir, a ghruaig dhubh cíortha go néata, súile donna dorcha ina aghaidh agus craiceann cailín air. B'éigean dóibh boscaí, potaí agus báisíní breise a thógáil amach – an doras greamaithe faoi ghlas – sula bhféadfadh sé éalú. Bhí pollaí tiubha adhmaid sáite idir an dá shuíochán agus b'éigean dó teacht an fhuinneog amach.

Bhí meangadh béasach ar a bhéal, faoi mar a bheadh sé ina phaisinéir ar thraein. Shín sé amach go haclaí, rug greim ar an raca thuas is chroch sé a chorp iomlán amach in aon ghluaiseacht líofa amháin gan teagmháil le constaic ar bith. Ní raibh leisce ná righneas ina ghéaga i ndiaidh an turais. Scaoil sé a ghreim is léim go talamh, ag tuirlingt i measc na gcloch chomh héadrom le cat, dar le Liam – nach raibh in ann seasamh ná siúl ar feadh uaire an chloig ar thuirlingt sa champa céanna dó. Bhí lámha agus cosa fir ar an mbuachaill, cuaráin rubair i ngreim ag méara móra garbha. Chuaigh sé in aois chomh luath is a sheas sé in airde. Bhí sé beag mar a bhí Asha, ach bhí guaillí leathana, muineál láidir agus cliabh dhomhain air.

Bhí orduithe práinneacha á dtabhairt dó láithreach ag Asha ina dteanga féin – ardaigh é seo, beir greim air siúd, tóg isteach é sin – faoi mar a bheadh turas cúig nóiméad chun na siopaí déanta ag a mhac. Bhí ionadh ar Liam ag féachaint ar an mbeirt acu ag rith isteach sa phuball, ualach ar ualach á n-iompar acu chomh tapa is a chaith an tiománaí amach iad. Níor bhuail rud ar bith an talamh.

Nuair a chabhraigh Liam leo, baineadh an t-ualach de láithreach, guth Asha ag éirí i bpráinne dá réir, cloigeann gealgháireach a mhic á chromadh go béasach le Liam agus Mike, gach turas isteach ná amach. Bhí uafás ar Liam ar dtús go raibh Asha mar a bheadh oifigeach míleata go dtí gur chuala sé tuin cheanúil a ghutha is go bhfaca sé an dea-ghiúmar ina shúile. Sméid sé ar Liam agus ordú breise á rapáil amach aige. Bhí an t-ualach ar fad i bhfolach laistigh de dheich nóiméad, an chistin chomh slachtmhar is a bhí riamh. Citeal ar an sorn, mugaí taobh leis, an bheirt ag malartú nuachta eatarthu chomh tiubh is go gceapfaí nach bhfaca siad a chéile le bliain.

Nuair a bhí an brú oibre thart, chuaigh Liam anonn chun é féin a chur in aithne i gceart. Bhí Asha ag preabadh le gliondar, a ghuth nach mór ag canadh ina scornach. Rug sé greim ar Liam agus tharraing isteach sa phuball é – rud nach dtarlódh roimhe sin – an chistin faoi chosc do chuairteoirí. Bhí réim nua ann anois, Liam ina cheartlár, é ina bhall den bhunstoc. Bhraith sé den chéad uair go raibh sé lonnaithe i gceart ar an sliabh.

'Pavidhan is ainm domsa', arsa an fear óg, ag cromadh arís cé go raibh sé ag iarraidh gan é a dhéanamh. 'Tá mé sé bliana déag d'aois agus seo é an chéad uair dom sa Bhun-Champa le m'athair. Tá an-áthas orm…' Chlis na focail air agus bhris sé amach sna trithí gáire, 'go raibh míle maith agat… A dhuine uasail!' – ráiteas a bhí chomh greannmhar dó féin is a bhí do Liam. Bhí a chaint cruinn, a ghuth ag preabadh ar fud an scála, é ag iarraidh smacht a choinneáil air. Sheas a athair, lán áthais agus mórtais, taobh leis, a cheann ag dul suas síos le gach focal, é ag féachaint ó dhuine go duine, mar a bheadh aistriú comhuaineach á dhéanamh aige. 'Mo mhac, Pavidhan, labhair go maith an Béarla, nach é? Cosúil le hathair.' A chliabh á ghreadadh go bródúil lena dhorn. Bhí siad uilig sna trithí arís.

4
Eachtra ar an oighear

Ruathar leathlae, in airde ón mBun-Champa agus ar ais. Liam, Mike, is an ceamara ar dtús. Shocraigh Max sos a ghlacadh, dul leo. Cosán garbh ar an moiréan ar imeall an oighearshrutha, Liam chun tosaigh, sceitimíní air. An tÉadan Thuaidh i gcónaí os a chomhair, chomh mór leathan le deireadh an domhain.

Fianaise an yak sa bhualtrach agus sna leaca a bhí leagtha amach dóibh chun srutháin is achrainn a thrasnú. Anseo is ansiúd, paistí sneachta gearrtha ina dhá leath ag rian na n-ainmhithe. Bhí Pavidhan le teacht ina ndiaidh leis an lón, nuair a bheadh obair an champa críochnaithe. Gan é ach lá amháin ar an láthair agus ní raibh leisce ar aon duine ligean don Rai óg taisteal ina aonar. Tháinig siad ar ghabhlán sa mhoiréan tar éis tamaill, bearna chúng ag oscailt ar chlé, an príomh-oighearshruth á thréigean. Mike taobh thiar, ualach a ghairme á iompar.

'Céard é do thuairim?' arsa Max go réchúiseach.

Bhí Liam chun an caolbhealach ar chlé a dhíspeagadh, cosán díreach i dtreo an Éadain Thuaidh os a chomhair. Ach ní chuirfeadh Max ceist gan chúis...

'An é sin…?'

'Sea? Abair leat.'

'An Rongbuk Thoir?'

'Díreach é. Eochair an Droma Thuaidh. Tá mianach sléibhteora ionat.'

Ní aithneodh Liam an bealach rúnda thar scoilt sa talamh, ach ba chuma. B'in an bealach a ghabh Mallory agus Irvine sna naoi déag fichidí, turas a chuir i bhfoisceacht scread iolair do mhullach an domhain iad. Bhí daoine a chreid gur shroich siad é.

Suas an bealach ar chlé go bun an Droma Thuaidh a bhí Dixon imithe, agus Mackenzie, na Poncáin, na Siorpaigh, agus na yakanna leis na hualaí. Suas ansin a bheadh sé féin ag dul. Theastaigh uaidh greadadh in airde láithreach, sna sála ar Mallory.

'Arú amárach,' arsa Max, go daingean.

Bhí príomh-oighearshruth an Rongbuk os a chomhair fós, a fhoinse san oighearmhá ag bun an éadain. D'airigh sé teannas spórtúil ag smaoineamh dó ar na piocóidí ar a dhroim. Gach calóg shneachta a thit, gach unsa oighir a cruthaíodh ar learga an éadain, tháinig siad anuas, orlach i ndiaidh orlaigh, bliain i ndiaidh bliana, san oll-abhainn reoite ag sníomh faoina meáchan féin, bealach millteach á scríobadh i dtreo a choscartha lastuas den Bhun-Champa.

Ní bheadh rud ar bith chomh nádúrtha, shíl sé, le gabháil in airde ar an sliabh os a chionn. An Droim Thuaidh as radharc taobh thiar de Changtse, ach an droim eile ag ardú os a chomhair ar eite dheis an éadain. Dealramh furasta, fáilteach air, cic amach ar chlé ar bhealach Hornbein. B'fhéidir go mbeadh talann faoi leith aige féin, ábaltacht thar cuimse nach bhfacthas a leithéid cheana i measc dreapadóirí, is go bhféadfadh sé sníomh ar a bhogstróc go mullach an tsléibhe agus ar ais gan dua?

De réir mar a dhruid siad chun cinn is ea is airde a bhí na túir oighir. Starrfhiacla agus eití rite – faobhar sceana ar chuid acu. Oighear cothrom eatarthu, breac le cloch is carraig. Cuid de na heití suas le ochtó troigh in airde, Liam ina fhrídín i measc cnapán siúcra.

Tháinig sé ar an starraic oighir ba dheise, mar a bheadh seol báid ag lonradh faoin ngrian. Amuigh i lár an oighearshrutha. Caoltriantán grástúil, rinn ghéar ar a bharr. Fadhb a shamhlódh dreapadóir óg, ag taibhreamh dó. Macasamhail sléibhe a bhí ann, ach amháin nach raibh sliabh ar bith chomh foirfe leis an gcéimseata úd.

Bhain Liam a mhála de is sheas ag bun an triantáin. Ní raibh Max ná Mike i raon a radhairc. Conas ab fhearr iad a aimsiú ach ón mbuaic? Crannóg loinge. Na crampóin ar na bróga, dá ndeoin féin nach mór. Liam ag feitheamh fós ar ghuth, gan ach díoscán an oighearshrutha i gclúidtost an tráthnóna. Cheap siad, b'fhéidir, go raibh sé imithe ar strae. Bheidís á lorg, áthas orthu é a fheiceáil in airde.

Bhí an dá phiocóid oighir ina lámha aige, spící géara orthu. An t-oighear chomh rite go raibh sé nach mór ingearach. Sárspórt, ag crochadh amach ón dromchla ar a ingne iarainn. Carraigeacha ag bun an bhealaigh – ach cén fáth a bheith diúltach?

Rad sé piocóid os cionn a chloiginn. Ba chóir di dul go domhain, ach ar éigean a rinne sí marc. Oighear piléardhíonach. Buille eile, scealpa ag spréachadh ina éadan. An phiocóid i bhfostú, gloine shioctha timpeall air. An dara ceann i ngreim, a lámha sínte os a chionn, d'ardaigh sé cos is bhuail cic ar an oighear ar leibhéal na nglún. Ní raibh na pointí tosaigh ach milliméadar i dtaca. Sheas in airde, strus láithreach ar a lorga. Chuimhnigh sé ar an gcomhairle: 'Coinnigh na sála íseal!'

Scaoil sé piocóid amháin is roghnaigh éasc os a chionn. Greim maith; ag dul i dtuiscint ar mhianach an oighir. Sásamh faoi leith i righne fhreagrach an hanla, an spíce mar shiséal in adhmad. Marcanna na bpiocóidí mar ghreamanna coise nuair a tharraing sé in airde, a chorp ar crochadh. Ní bheadh faoiseamh ann go mbainfeadh sé buaic an triantáin amach.

Idir imní is áthas ag gabháil lena ghluaiseacht – carraigeacha laistíos, scáthán dall an oighir ag éirí os a chionn. Bolg snasta sa lár, an t-oighear níos rite ina thimpeall. Sciorr crampón amháin, a mheáchan air. Fágadh ar crochadh as na hanlaí é, a chroí ina scornach. Chuir an gheit lena mhuinín sna piocóidí is a thuiscint ar na crampóin. Ní raibh dada den chaighdeán seo déanta aige. Fánaí sneachtúla in Albain agus sna hAlpa. Bhraith sé neart na féidearthachta, is níor thréig a mhisneach é.

Tháinig sleasa an triantáin le chéile i dtreo na binne agus bhí sé in ann na spící a chrúcáil ar an imeall, greim coise a chiceáil sa bhfaobhar go raibh sé ina leathsheasamh ar leathchos. Ansin a thuig sé a rite is a bhí an struchtúr iomlán. Ní bheadh an cúlú chomh héasca is a shíl sé. Nuair a bhuail sé cic ar an oighear, mhothaigh sé tonnchrith a chuir a chroí ina bhéal arís. Rug sé barróg ar leithead na buaice faoi dheireadh is tharraing in airde de ruathar an-lasánta. An rinn chomh tanaí le habhlann, leag sé é agus shuigh ar scaradh gabhail, ar dhiallait oighir. Faoiseamh. Ba chuma leis an t-uisce faoina thóin.

Óna chrannóg rinne sé amach cad as ar tháinig na heití caola, conas a cruthaíodh iad. Ag bun an éadain, bhí blocanna ag briseadh ó imeall na hoighearmhá diaidh ar ndiaidh, ag titim go mall san oighearshruth, ag druidim ó dheas bliain i ndiaidh bliana ag scaipeadh is ag scaradh, athbhriseadh is athroinnt, coscairt agus leá, gur nochtadh na starrfhiacla gloineata, arbh iad nádúr an oighir iad. Caite sular shroich siad an Bun-Champa.

'Mike!' Ghlaoigh sé go ciúin, trialach ar dtús, amhail is go mbeadh cúthail air. Níos airde ná simléar tí, ag éirí fuar go tapa. Tháinig an freagra ina mhacalla magúil. *Mi-i-i-ike!* Scrúdaigh sé faobhar an imill arís. Róchrochta. Ní fhéadfadh sé dreapadh anuas. Sciorradh, is ghearrfaí ina shliseanna bagúin é. Níos fusa i gcónaí dul suas ná síos.

'MIKE!' Tábhachtach gan eagla a ligean sa scairt, ach bhí práinn ann. Tháinig an freagra gan mhoill. Mike le feiceáil, cúpla céad méadar uaidh. Chroith sé a lámh ina threo is chas an ceamara chuige. Chrom sé chun scannánaíochta, an tÉadan Thuaidh mar chúlra, mionfhigiúr drámata ag a bun.

Phreab Max i raon radhairc; lean sé treo an lionsa, thosaigh ag rith.

'Fan! Fan mar atá tú!'

Dá mbeadh rogha agam, arsa Liam leis féin. Bhí ríméad na hiarrachta caite, fuacht is tuirse ag brúchtadh. Chonaic sé a athair, ag breathnú i ndiaidh Max, féachaint arís ar Liam, ar ais chuig Max. Mike ag rith, an ceamara tréigthe.

Stad Max den rith, shiúil go bun an oighir.

'Bhí sé sin deacair, déarfainn?' B'éigean dó é a rá an athuair, Liam i bhfad lastuas.

'Ní raibh sé ródhona…' Screamh ina scornach.

Tháinig Mike de sciuird. 'Céard atá á dhéanamh agat? Tar anuas láithreach.' Níor chorraigh a mhac. Rith Mike timpeall le féachaint ar an taobh eile, bealach éasca á lorg. Scanradh ina shúile, tháinig sé ar ais.

'Conas – ?'

'Éist, an bhfuil do chrios dreaptha ort?' arsa Max.

'Níl.' Náire ag dul i dtreise. 'Tá sé i mo mhála.'

'Cuirfimid in airde é.'

Chaith Max an crios go cruinn. Ba bheag nár thit Liam ón diallait ag breith air. Thóg sé tamall fada na búclaí a theannadh. Lúb téipe aige leis. Chuir sé thart timpeall na buaice faoina thóin é, nasctha lena chrios. Ancaire. Sábháilte.

'Beir greim!' Chaith Max ceann an rópa in airde. Theip ar Liam is thit an fad iomlán in uisce. Tost ar chách. Iarracht i ndiaidh iarrachta.

Chuala Liam fead ghéar. Duine ina sheasamh in airde ar an moiréan ar thaobh an oighearshrutha. Mhéadaigh ar náire Liam, sáite ar a spuaic. Olc go leor i raon radhairc a athar agus Max, ach i bhfianaise a chomhaoisigh!

Tháinig an rópa d'fhuip nimhneach agus rug sé greim air. Bhí a lámha gan mhothú. Cheangail sé dá chrios é le snaidhm chiotach. D'airigh sé an imní laistíos. 'Ní osclóidh sé – ná bí buartha.' Ní buartha a bhí Mike, ach ar buile.

Cá raibh Pavidhan? Bheadh gnáthdhuine ar an láthair faoin am sin, lán a shúl á bhaint aige as an gcruachás. Sular nasc sé an rópa leis an lúb thart timpeall na buaice chun go n-ísleofaí é, bhreathnaigh Liam sall arís. Bhí Pavidhan fós ar an moiréan, a dhroim tugtha go béasach aige leis an dráma ar an oighear.

Agus é ag siúl go creathach, spágach i dtreo a lóin, bhí cluasa Liam géar le náire.

'Cén aois atá sé?'

'A sé déag. Ní cheapfá, uaireanta.'

'Sciorradh amháin is bheadh sé á iompar eadrainn. Bhuel, ní dhéanfaidh sé arís é.'

Bhí proinnteach cóirithe ag Pavidhan, suíocháin tógtha le leaca cothroma i gcúlán carraige, oscailte don ghrian, cosanta ar an ngaoth. Níor lig sé air go bhfaca sé rud ar bith agus bhí dóthain tuisceana ag Mike agus Max gan dada a rá. Thug Pavidhan an áit ab fhearr do Liam, agus é ina líbín báite; an chéad chupán anraith chomh maith.

'Deir Asha go raibh tú ag *Island Peak* sular tháinig tú anseo,' arsa Max leis an mbuachaill agus iad ina suí. 'Conas a thaitin sé leat?'

'An-an-mhaith! Mórán mórchuid daoine. Daoine Seapáine, daoine Mheiriceá, daoine Shasana…'

'Muintir Neipeal?'

'Sea, daoine Neipeal! Mórán Siorpa, Rai, Thamang, Gurung.'

'Gurkha? Newari?' Tromchosach, Max ag magadh.

'Newari, ní hea. Newari muintir Kathmandu. Ní sléibhteoirí iad.'

Chas Max chuig Liam. 'Bhí sé ag obair le grúpa ar Imja Tse coicís ó shin.' Amhail is nach bhféadfadh Pavidhan a scéal féin a insint. 'Bhí sé sa chistin. Sliabh beag ar thaobh deas Everest. Sé mhíle méadar.'

Bhí an t-eolas ag Liam cheana, ach d'éist sé go ciúin. Chas Max chuig Pavidhan arís. 'An bhfaca tú Bun-Champa Everest ar an taobh sin?'

'Do chonaic,' arsa Pavidhan, a cheann á chroitheadh ó thaobh taobh faoi mar a bheadh sé á shéanadh. Bhí taithí ag Liam ar an gcomhartha dearfach, óna chuid ama sa chistin.

'Cé acu Bun-Champa is fearr leat?' a d'fhiafraigh Mike.

'Thuaidh nó theas?'

'Tá Bun-Champa Theas go maith, mar is Neipeal é,' arsa Pavidhan go cúramach. 'Agus tá Bun-Champa Thuaidh go deas – mar tá mé ann!'

Níor chuir an freagra ionadh ar Liam. Bhí sé tugtha faoi deara aige nár dhual do mhuintir an tsléibhe rud a shéanadh nó a dhiúltú, dá mb'fhéidir é. Sa chaint amháin a bhí sé amhlaidh – de réir Dixon lá sa Bhun-Champa. 'Ní dhéanfaidh siad aon rud nach mian leo, geallaimse dhuit. Agus ní bheidh a fhios agat roimh ré ach oiread.'

'Déanfaidh siad an t-uafás duit nach ndéanfadh Eorpach,' arsa Mike an t-am céanna.

'Eorpach! Cé a luaigh Eorpaigh? Táimse ag tagairt do Shasanaigh.' Chuir sé Liam san áireamh. 'Agus d'Éireannaigh!'

'Is Eorpach mise,' a mhaígh Liam go ciúin. Níor chuala Dixon, nó, má chuala, níor lig sé air.

———

'Chuaigh tusa go barr an tsléibhe, nach ndeachaigh?' arsa Liam leis an Rai i rith an lóin. Pavidhan ag freastal orthu.

'Chuaigh.' Drogall air a bheith ag maíomh.

'Go barr Imja Tse?' Bhí amhras ar Max. 'An mullach?' Shíl sé go raibh an t-ógánach sa chistin.

'Sea.'

'Sneachta agus oighear?'

'Sea.'

'Crampóin?'

'Sea?'

'Piocóid?'

'Rópa agus piocóid.'

'Cé a bhí i gceannas?' arsa Max. 'Cérbh é an *sirdar?*'

'Man Bahadur Rai. M'uncail.'

Rug Pavidhan greim ar shoitheach tae a bhí taobh leis agus líon sé na cupáin arís, an aoibh ag maolú ar a bhéal. Ní raibh tuairim ag Liam céard a bhí ina chloigeann – ach go raibh sé bródúil as a uncail a bhí ar comhchéim le Siorpa ar bith. A luaithe is a bhí an lón caite, bhí Pavidhan imithe de rith, gan ligean dóibh oiread is cupán a iompar.

'Ní bheadh muinín agamsa as Rai in éadan sléibhe,' arsa Max. 'Céard a déarfása, Mike?'

'Bhuel, ní bheadh a fhios agam…' Cúramach.

Lean Max air. 'Níl sé sa dúchas acu mar atá ag na Siorpaigh. Tá an Rai ar fheabhas go bun an tsléibhe. Ná scaoil in airde é.' Gheit Liam. Cén bhaint a bhí ag dúchas le dreapadh – cait as an áireamh? Dixon a dúirt gur choinnigh na Siorpaigh an gnó dóibh féin is go raibh muintir Rai thíos leis. Ach bhí a eachtra féin ró-úr le conspóid ar bith a tharraingt anuas.

Bhí ceann faoi air, ag sliútráil i measc na gcloch ar a bhealach ar ais. Thar aon rud eile, ba mhian leis a bheith ina sheomra féin sa bhaile. Tháinig Mike suas leis. Níor mhair drochaoibh i bhfad air. Leag sé lámh ar ghualainn a mhic.

'Bhí luí agam féin leis an sorcas tráth.'

'Daid! Le spórt a rinne mé é. Sin an méid.'

'Bhí tú ar bior. Níos mó ná bealach amháin. Ach bí cúramach le Max. Tá seisean ar bís. An-chuid go deo ag brath ar an turas seo.'

'Táimid – tá tusa – fostaithe aige, nach bhfuil?'

Bhain Mike tarraingt aníos as an strapa ar a ghualainn. 'Bíonn an ceamara neamhspleách i gcónaí.'

'Daid, rinneamar cúrsa cumarsáide ar scoil anuraidh. Níl sa cheamara ach aisteoir eile, a deir siad.'

'Cén sórt scoile í sin a bhfuil tú ag freastal uirthi, in ainm Dé? Níl sa mhúinteoir ach aisteoir eile. Nóisean stiúrthóra aige.'

5
I dtreo na Bearna

Lá go leith a thóg sé orthu an Campa Tosaigh a shroicheadh. An Rongbuk Thoir, an bealach rúnda, ag sníomh in airde sé chiliméadar déag gan radharc ar Everest. Éirí míle méadar. Dhéanfá é roimh lón sa bhaile, dar le Liam. Ar ais tráthnóna…

Bhí puball fágtha ag Mackenzie dóibh mar phointe leathbhealaigh. Shíl Liam gur chóir an turas a dhéanamh d'aon ruathar amháin. Bhí sé compordach, aerach faoin am sin sa Bhun-Champa, in ann Pavidhan a shárú i rás chun an tsrutha. D'fhéadfadh an Rai sciurdadh ar ais faoi ualach uisce, ach b'in taithí. Mura mbeadh sconnaí sa bhaile, bheadh an cleas sin ag Liam freisin.

Ceithre yak ag dul suas leis na bairillí do na campaí sléibhe. Tréadaí amháin – gruagaire garbh, cóta mosach agus brístí seithí air. Níor thug sé mórán airde ar dhaoine, é ag crónán leis na beithígh, á ngríosadh le cnead is scread. De réir Max, i rith an bhricfeasta, ba leor péire yak chun an lasta iomlán a iompar, ach go raibh an lámh in uachtar ag na tréadaithe ar an margadh.

'Tá an iomarca grúpaí ag teacht, gan taithí ar ghnó

sléibhe. Ligeann siad do na daoine seo a rogha praghas a iarraidh. Déantar píoráidí de na tréadaithe agus ní foláir géilleadh dá n-éileamh.'

Bhí amhras ar Liam, ag breathnú ar an gcarn a bhí le hiompar. Cheangail an tréadaí na bairillí ar na beithígh le húim de sheanrópaí, greim ag Pavidhan orthu, a shúil ar na hadharca. Sular shroich siad béal an Rongbuk Thoir agus na yakanna ag luascadh feadh an bhealaigh mar a bheadh báid in uisce suaite, bhí cuid dá ualach caite ag gach aon cheann.

'Níor mhaith liom,' arsa Mike, 'péire a fheiceáil faoin gcarn iomlán!' Bhí sé ag faire ar a threalamh, ag gobadh amach as ualach, an tríchosach ina mheaisínghunna.

'Meascaigh,' arsa Max, díspeagúil. 'Níl ach leathfholaíocht iontu. Cros-síolraithe.'

'Le yak de chineál eile?' Suim ag Liam. Shleamhnaigh mála arís.

'Le hasal!'

Bhí cion ag Liam ar na créatúir mhothallacha ag treabhadh chun cinn faoi thréan anála, an smut i gcónaí gar don oighear, an teanga ramhar ar crochadh. Chonaic sé Pavidhan i ngleic le raca adharc, á stiúradh mar a bheadh gluaisrothar. 'Níl iontu seo ach gamhna.'

Tharraing Liam siar, díomá air gan a bheith ag buachailleacht bó. Na blianta caite ar scoil, lán leabharlainne léite, ríomhairí ar a thoil aige, ach é chomh neamhoilte le gamhain. Tháinig cumha air d'arraing. Bhraith sé uaidh a chairde, mar a bheidís scartha go deo. I bhfiántas an tsléibhe thuig sé nach mbeadh aon mhaitheas iontu ach an oiread, ach go mbeadh an neamhéifeacht féin ina nasc eatarthu.

Faoi mheán lae, bhí Liam ag seilmidíocht, an fuinneamh súite óna chorp le teas na gréine agus rithim mharbhánta an mhoiréin. Ar éigean, dar leis, go raibh sé ag dul chun cinn ar chor ar bith, droim Changtse os a chomhair gan athrú dá laghad air.

Bhí na yakanna chun deiridh, Pavidhan ag coinneáil súile ar na hualaí. Anois is arís tháinig sé chun tosaigh, le teann caradais, agus thit siar arís chuig na beithígh, an bealach á shiúl faoi dhó. Ní raibh ribe gruaige as alt ar a chloigeann cíortha, rud a chuir le héadóchas Liam.

Learga agus ballaí sléibhe ag éirí in airde ar an dá thaobh, an bealach dingthe eatarthu. Áit ar bith ina raibh an charraig le feiceáil, bhí sé lofa, clocha is slinnte ag titim as a chéile. Chuir an loime le tinneas Liam. Ní raibh buaine ar bith sa timpeallacht.

'Níl do dhóthain á ól agat,' arsa Mike, arís is arís eile.

Ní raibh fonn óil ar Liam de bharr blas iaidín ar an uisce. Bhí cleasanna ar fáil chun an ghránnacht a shárú, ach, ar bhonn prionsabail, theastaigh uaidh cur suas leis go fearúil. Ina ionad san, bhí sé ag staonadh ón ól is a chuid fuinnimh á sceitheadh i bhfoirm allais. Ar éigean a bhí sé in inmhe leanúint ar aghaidh ag pointe amháin – carnán i ndiaidh carnáin de chlocha scaoilte, an bealach ag gabháil suas síos, suas arís – ach go raibh a athair ag saighdiúireacht gan ghearán os a chomhair, meáchan an cheamara á iompar aige, mála droma freisin agus batairí troma ba chóir a bheith ag Liam.

Ghluais Max chun tosaigh go héasca ar an sneachta, a ghéaga mar a bheadh siosúir ag gearradh páipéir. Chuir sé comhairle orthu sular imigh sé.

'Is minic a ghoilleann an turas seo ar chuairteoirí an chéad uair in airde. Ní bí ródhian ort féin agus bainfidh tú ceann scríbe amach. Tá tú ag ól go rialta, nach bhfuil?' Bhí staid leanbaí sroichte ag Liam, masmas ina bhéal is a bholg. Ní raibh sé chun braon a bhlaiseadh nach raibh dúil aige ann. Glór an mhúinteora a chuala sé, agus an impleacht nach raibh ann ach turasóir gan dúchas sléibhe – impleacht a mhéadaigh go mór ar an díomá. Ní hamháin nach raibh rud ar bith ar eolas aige, ach ní raibh siúl ar a chumas ach oiread.

———

Shroich siad an Campa Tosaigh tar éis meán lae ar an dara lá. Mhéadaigh ar an oighearshruth is bhí siad ag siúl ar shneachta in ionad clocha scaoilte. Tháinig eireaball ollmhór Everest i raon radhairc taobh thiar de thoirt Changtse agus thuig Liam go raibh sé ag tarraingt ar chúldoras an tsléibhe.

Tháinig ardú meanman ar a athair freisin, i bhfoisceacht a ghnó. 'Caithfidh go bhfuil mé as mo mheabhair. An mó duine a shiúlann dhá lá cois oighir chun freastal ar a chuid oibre?'

'Is minic a ghabhann Inuit seachtain sula bhfeiceann sé rón.'

'Go n-éirí an t-ádh leis. Ní fheicfidh sé rón anseo.'

'Dixon sna *tights*, b'fhéidir?'

'Tá an blonag agus an snas air, ceart go leor.' Bhriseadar amach ag gáire, ar aon chuimhne.

'An geansaí dubh go smig air. Agus na brístí teanna.'

'Sin é. Na *Lycra tights*. Bhí siad faiseanta i measc dreapadóirí deich mbliana ó shin.'

'An bolg air! Shamhlófá go raibh sé ag feitheamh ar iasc.'

'Daid! An bhfuair tú pictiúr?'

'Fuair. Ag plapáil ar a bholg, á ghoradh is á ghrianadh faoi mar a bheadh sé lán de mhaicréil. Ní fhéadfá é a chraoladh. Ionsaí príobháide. Sleamhnóimid fráma nó dhó isteach, b'fhéidir.'

Céad slat os a gcomhair, bhí Max ag breathnú siar orthu, iad sna trithí gáire. Na cuimhní ina dtuilte ag Liam: Nollaig, sneachta, spraoi, súgradh, bronntanais… Rug Mike greim air féin. Tharraing sé leis ina thost, i gcló a ghairme.

Ceann an oighearshrutha ina cul de sac, an Bhearna Thuaidh mar chúlbhalla, Everest agus Changtse á nascadh aige i gcuas na spéire. Fána ghéar ag bolgadh le hoighear. Ar an mbearna úd, bhí tús an Droma Thuaidh, bealach an tascair. Uair an chloig roimh bhun na Bearna, in achrann an mhoiréin, an Campa Tosaigh. Paistí ceirte i bhfiántas reoite, ní fhaca Liam na pubaill go dtí go raibh sé sa mhullach orthu.

Rith dhá thuairim leis san am céanna. Misneach an champa in ucht an fhiántais gan ribe féir, gan fiú bolgam aeir, agus – ar an lámh eile – laghad an duine i mbaclainn neamhshaolta an tsléibhe. D'at a chroí le dánacht an dúshláin, chaill sé rithim na hanála is tháinig taom casachtaí air. B'in an riocht ina raibh sé nuair a osclaíodh flapa agus bhailigh Max isteach é, amhail is go mbeadh sé á tharrtháil ar muir.

'Cá bhfuil Mike?'

'Stad sé le pictiúir a ghlacadh.'

'Nach raibh fuaim uaidh?'

'Sleamhnáin a bhí á dtógáil aige.' An raibh Max ag iarraidh a rá gur thréig sé a athair?

6
Sa Champa Tosaigh

Bhí an puball bia dorcha ar dtús, spás mioncharbháin ann. Leaca réidh faoi chois, gairbhéal eatarthu, plainc ar bhairillí mar shuíocháin, bord salach, citeal ar fiuchadh. An Bun-Champa ina óstán ilréaltach i gcodarsnacht leis. Bhí ceathrú feola crochta i gcúinne dorcha. Amh nó deataithe, ní fhéadfadh Liam a rá.

Thug Max muga anraith dó agus chaith sé siar é. Bhí a aiste bia tréigthe ag Liam. Ní raibh meas ar bith ag Dixon ar staonairí, a bhí ina bpiteoga, dar leis. Gan eisceacht – go fiú Doug Scott, Búdaí agus an sléibhteoir ab éifeachtúla dá gcomhaimsirigh.

Réitigh Max lón – boscaí, buidéil, cannaí á sracadh ar oscailt le húdarás an cheannais. Bhí gach uile bhlas ina bhéal níos soiléire fiú ná an chéad uair a thriail sé cannabas. B'fhiú an domhan a thaisteal, shíl sé, lena fháil amach cé chomh riachtanach, chomh sultmhar is a bhí bia. Gheall sé dó féin gan dearmad a dhéanamh ar an léargas sin.

Clampar lasmuigh, piocóid ar chloch, buataisí buailte chun sneachta a bhaint. Phreab Liam ina shuí, náire air nár fhan sé lena athair. Sracadh sip an dorais. Tháinig buicéad lán de scealpa oighir isteach, fear mór scafánta ina dhiaidh. Hata fionnaidh, spéaclaí beaga gréine, éadan clárach, craiceann donnbhuí, croiméal fáiscthe faoina chamshrón. Guaillí móra, seaicéad dearg sínte go teann. Tháinig boladh an tsléibhe, anáil an oighir, isteach leis. Rad sé an buicéad de chic faoin mbord.

'Nima,' arsa Max, 'seo chugainn Liam ar cuairt ón mBun-Champa.'

'Na-mas-te!' arsa Nima Siorpa go drámatúil. Bhraith Liam go raibh a dhorn i ngreim ag brainse crainn, gan craiceann ná feoil ina nádúr. 'Gabh mo leithscéal,' arsa an Siorpa, gairbhéal ina ghlór, 'bhí mé ag sluaisteáil oighir lasmuigh.' Lena chrága nochta, b'fhéidir. Chrom Nima, chuir glúin ar an talamh, uilinn ar an mbord, a lámh san aer, thug cuireadh chun comórtais. Bhagair Liam lena dhorn cnámhach. 'Fan go gcríochnóidh mé mo lón. Scriosfaidh mé thú ansin.' Ghéill Nima, lánsásta leis an bhfreagra.

'Boss? Ar mhaith leat triail?' Chrom Max ina threo go réchúiseach; chas go tobann ar a sháil, tharraing an Siorpa as a chothrom agus rug barróg scornaí air ón taobh thiar. Theann sé ar a ghreim faoin smig. Sháigh Nima a theanga amach faoin gcroiméal, sméid go gránna, a leicne plúchta, agus d'éirigh in airde, Max ar a dhroim. Thosaigh sé á

chroitheadh ó thaobh go taobh, mar a bheadh yak faoi ualach scaoilte.

'An citeal!' Liam de scread. 'Seachain!' Ródhéanach. Uisce fiuchta ag scairdeadh ar fud na háite. Las an puball le splanc solais. Grianghraf tríd an bhfuinneog.

'Póilíní!' Mike de bhéic lasmuigh. 'Tá sibh uilig gafa!'

D'fhág Nima a cheannaire ina sheasamh ar an urlár arís, gan aird ag ceachtar díobh ar an doirteadh.

'Tá mac an Rai ag teacht,' a dúirt Max. 'Tá tú briste mar chócaire.'

'Togha!' Sméid Nima arís ar Liam. 'Dreapadóir, pá dreapadóra. Dreapadóir agus cócaire, pá dreapadóra agus pá cócaire.'

———

Is ar éigean a thug aon duine faoi deara nuair a chrom Mackenzie isteach sa phuball. Bhí bua – nó locht – na dofheictheachta ag an bhfear ciúin nár tharraing aird air féin. Cromadh éigin sna guaillí aige, faoi mar a bheadh sé ag iarraidh spás níos lú a ghabháil. Ualaí sléibhe a bhronn an cruth sin air.

Bhuail Liam leis an chéad lá sa Bhun-Champa, an tAlbanach ag dul in airde le Nima, Pemba is na Poncáin. Seachas na súile gorma ina éadan caol agus an folt a bhí ag rith chun léithe, ní raibh cuimhne chruinn ag Liam air. Neamhshuim a bhraith sé ón sléibhteoir an lá úd. De réir Mike, ba chúthaileacht é. Cúthaileacht nó neamhshuim, bhí cáil ar an bhfear i measc sléibhteoirí as a mhisneach is a bhuaine faoi bhrú. Ní bheadh sé i mbéal an phobail choíche – níor shantaigh sé clú.

Ní dá rogha féin a bhí sé ar Everest, a dúirt Mike, mar ní raibh dúil aige i sléibhte poiblí. Taiscéalaíocht nua a thaitin leis, ach bhí na Poncáin á íoc chun iad a spreagadh ar shraith mullaí i ndiaidh a chéile. Bhí Cho Oyu déanta, agus an bheirt in airde faoi láthair le Pemba, an Siorpa eile, i gCampa a Dó, ualach fágtha ag Mackenzie féin lastuas den ocht míle méadar.

Bhí Dixon i gCampa a hAon, ar an mBearna Thuaidh, gan tuairim ag aon duine cé mhéad ama a chaithfeadh sé ann – an rachadh sé níos airde nó an dtitfeadh sé siar.

'Bhí mé ag labhairt leis – '

'Ag éisteacht leis,' a chuir Mike isteach.

' ... ar mo bhealach anuas tráthnóna inné,' arsa Mackenzie sa phuball bia, a ghuth chomh ciúin go raibh ar Liam a bheola a léamh nach mór. 'Tá a dhóthain bia aige chun fanacht tamall, más mian leis. Déanfaidh sé a rogha rud.'

'An mbeadh sé ar intinn aige dul in airde go Campa a Dó?' Bhí Mike mífhoighneach. D'fhéadfadh Dixon dul i bhfolach ón gceamara go hard ar an sliabh dá dteastódh uaidh a bheith trioblóideach. Ní raibh sé i gceist ag Mike féin dul mórán níos faide ná an Bhearna Thuaidh, seacht míle méadar, an ceamara róthrom le hiompar. D'fhéadfaí brú ar aghaidh le ceamthaifeadán, agus titim sa chaighdeán scannánaíochta. Bhí ceamara dá leithéid sin ag na Poncáin.

'Cuirfimid scairt air níos déanaí ar an raidió.' Max, údarásach.

'Ní bheidh an raidió ar siúl aige,' arsa Mike, 'mura dteastaíonn uaidh labhairt.' Lig Nima smiota gáire as. Thaitin stíl Dixon leis.

'Má théann sé go Campa a Dó,' arsa Mackenzie, 'beidh air filleadh ar an mBearna an lá céanna. Níl dóthain soláthairtí ann chun go bhfanfadh sé in airde. Is é mo thuairimse gurb é a dhéanfaidh sé ná filleadh ar an mBearna istoíche amárach; beidh sé thíos anseo arú amárach. Sin an plean is ciallmhaire dó ó thaobh taithí de.'

'Mura bhfuil sé ag iarraidh a bheith achrannach!' arsa Mike.

Bhí brú spáis sa Champa Tosaigh, easpa fearais – pubaill an bheirt Mheiriceánach le húsáid ag Mike agus Liam. Bheadh orthu cúlú go Bun-Champa ar theacht anuas don bheirt i gceann cúpla lá.

'Ní féidir feidhmiú ar an dóigh seo!' Rinne Mike gearán os íseal le Max. 'Ba chóir go mbeadh spás ann dúinn.'

'Bhí,' arsa Max gan mhothú, 'go dtí gur thugadar pubaill bhreise in airde leo. Beidh tú buíoch as nuair a shroichfidh tú an Bhearna.'

'Ní haon sólás dúinn anois é.'

'Campa sléibhe, a dhuine. Ní óstán é!' Leis sin, bhí Max imithe, Mike ina thost ar an sneachta, ag fiuchadh le fearg. Ní fhaca Liam locht ar bith ar na pubaill shealadacha. Cén fáth a mbeidís postúil faoina bpríobháid?

Bheadh Pavidhan istigh le Liam. Bhí slacht á chur ag an Rai ar an gcistin a bhí lán de bhréantas a bheadh lofa murach go raibh sé reoite. Chuir sé an slaba feola i bhfolach i mbairille faoin mbord. Thóg Nima raic. Poll i gcrúb na feola, chroch sé in airde arís é. Ainneoin na dea-ghnúise, ní raibh aon aoibh air. Ba léir nach mbeadh a chuid spáis á roinnt aige leis an bhfear óg.

'Tá sé ag roinnt cheana féin le Pemba,' arsa Max. 'Is dócha go bhfuil sé ag súil le hoíche nó dhó ina aonar. An bhfaca tú toirt Pemba?'

Bhí ionadh ar Liam a chúthaile is a bhí an Rai, nár thuig an fháilte a bhí roimhe. Mike fós ag coipeadh faoin easpa dídine. Easpa measa, dar leis. Imní air go mbeadh Liam is Pavidhan plúchta – beirt acu sa chochaillín de phuball. Ní raibh locht orthu, ach amháin nuair a chrom Liam róthapa is d'éirigh ina shuí go tobann ina dhiaidh. Tháinig mearbhall air. Ní raibh a fhios ag Pavidhan cé acu gáire a dhéanfadh sé nó a leithscéal a ghabháil gach uair a tharla sé.

Chuir Liam an diosca ceoil ab ansa leis sa taifeadán is chuala na nótaí tosaigh ag spréachadh. Le solas an tóirse ní raibh le feiceáil de Pavidhan ach mínduibhe a bhaithise ina mhála codlata, a shúile i bhfolach. Bhrúigh Liam na cluasáin ar chloigeann a chara agus luigh sé féin siar. Bhraith sé compord an chomhluadair mar a bheadh aer úr sa phuball. Cheana féin, bhí sé de nós ag an mbeirt acu gáire a roinnt gan chúis. Ní raibh acmhainn grinn sa ghrúpa – searbhas as an áireamh.

B'éigean do Liam éirí i rith na hoíche, dul amach ar an

moiréan ar feadh nóiméid. Dóthain á ól arís.
Leathghléasta, bhí sé cosnochta sna bróga móra. Bhí
deora fuachta ina shúile, na réalta ina spící óir ag damhsa
ina radharc. Tháinig eagla air go tobann is chroith sé é
féin ó thaobh taobh. Nach mbeadh sé ina cheap magaidh
ar maidin, é ina dhealbh reoite, bata oighir os a
chomhair? B'in iad na bunrudaí nár mhínigh aon duine
roimh ré, dar leis.

An dainséar thart, sheas sé bomaite ag stánadh in airde,
a thóirse múchta, a chorp ina chreathán mearaí, a
shamhlaíocht ag spréachadh le diamhracht na hoíche. Bhí
caisleáin gheimhridh ar imlíne an tsléibhe, gach uile ní
gloinithe le sioc geal. Smaoinigh sé ar a mháthair, ar a
chairde, ar chailín áirithe, na smaointe chomh cruinn,
cruanta gur shamhlaigh sé cloigíní ag ringeáil ar
shroicheadh ceann scríbe dóibh. Comharthaí leictreacha
óna chloigeann ab ea iad, á ndiúracadh amach go
pláinéad glas ar a raibh a sheansaol tréigthe, mar a bheadh
cóta crochta ar chúldoras cistine. Dealbh oighir mé, mo
chroí ina lasair bheo… Dealbh oighir, mo chroí ina lasair
bheo… Cá raibh an tríú líne? Amhrán á chumadh aige,
mire a chuid creatha mar rithim.

Bhuail taom gliondair é, ina sheasamh dó ar Everest, an
doras taobh thiar de, staighre an Droma Thuaidh os a
chomhair. Bhí pobal na hairde ina chodladh thart

timpeall, cuid acu thuas staighre. Ar an taobh eile, ag dreapadh as Neipeal ar an ngnáthbhealach, bhí daoine ag druidim i dtreo an mhullaigh an oíche chéanna – mar a chuala Max ar an raidió. Ní bheadh an chéim sin sroichte go ceann seachtaine, nó coicíse, ar thaobh na Tibéide, ach ba chuma – bhainfí amach é.

Ar ais i gclúmh a mhála dó, d'amharc sé ar leataobh sular mhúch sé an tóirse. Bhí Pavidhan ina dhúiseacht. Tháinig taom gháire ar Liam le faoiseamh an teasa. Chorraigh an carn in aice leis, ag sciotaíl freisin. 'Bhí eagla orm go reofadh mo mhún,' arsa Liam de chogar.

— —

Tháinig na Meiriceánaigh ar an raidió go luath ar maidin. Stataic phráinneach. Cogaí teilifíse a chuir an fhuaim i gcuimhne do Liam.

'Campa a Dó chuig Campa Tosaigh. *Come in. Over.*' Shamhlaigh Liam an cainteoir, a chloigeann glanbhearrtha, a ghiall diongbháilte. Jeff. Fear gnó as Nua-Eabhrac. Sprioc agus sceideal aige.

'Ní thuigeann siad drochaimsir,' arsa Max, lá sa Bhun-Champa. 'Níl sé sa phlean.'

'Níl,' arsa Dixon. 'Níl plean ar bith ag an aimsir.'

'Campa Tosaigh. Max anseo. Dia dhuit ar maidin, Jeff. Comhghairdeas as Campa a Dó a bhaint amach. *Over.*' Bréagchroíúil, mar a bheadh carachtar i gcluiche ríomhaireachta. An campa gafa aige, thug Jeff na figiúirí míleata: airde, teocht, luas na gaoithe, raon radhairc. 'Sneachta ar an Droim. D'imigh Pemba le hualach go luath ar maidin. Ba chóir go lonnódh sé Campa a Trí um thráthnóna. Rachaidh an bheirt againn in airde amárach. Tábhachtach go mbainfeadh Pemba amach an campa. *Over.*'

'Cuirfidh sé glaoch má bhaineann. Beimid ag éisteacht,' arsa Max. 'Cad é an plean agaibhse ina dhiaidh sin? *Over.*'

'Titfimid siar go Campa a hAon istoíche amárach. Beidh an Campa Tosaigh rófhada le sroicheadh.' Sméid Mike ar a mhac: oíche sa bhreis sna pubaill.

'An bhfuil dóthain spáis agus bia dúinn ar an mBearna? *Over.*'

'Abair arís,' arsa Max, acmhainní scaipthe á n-áireamh.

'Spás agus bia ar an mBearna Thuaidh? Oíche amárach. Beirt againn. Agus Pemba. *Over.*'

'Beidh Pemba ag dul go Campa a Trí arís arú amárach.

Tá sé riachtanach an campa sin a luchtú fad is atá an aimsir seasmhach. Ní bheidh Pemba ag teacht anuas.'

'Mícheart! Tá an sneachta róthrom chun an dara turas a dhéanamh, dar leis. *Over.'*

'Max anseo. Pléifear é sin le Pemba níos déanaí. Tá Dixon i gCampa a hAon. Níl an raidió ar siúl. Measaimid go bhfuil sé ag triall oraibhse inniu. Feicfidh sibh go luath é má tá.'

'Dixon? Go Campa a Dó? Níl spás anseo dó anocht. Beidh air filleadh ar an mBearna. *Over.'*

'Déanfaidh Dixon a rogha féin.'

'Ní dhéanfaidh! Níl ach dhá phuball anseo, ceann amháin singil, mar is eol duit. Triúr againn cheana féin – Pemba san áireamh. Cathain a bheidh Nima ag teacht in airde arís le hualach? Táimid róscaipthe ar an sliabh, an líne soláthair sínte. Cuirfear moill orainn dá bharr. *Over.'*

'Cén mhoill?' Géire ina ghuth. 'Beidh gach aon duine ag titim siar nuair a bheidh Campa a Trí ullamh. Beidh gach rud ar an láthair nuair is gá.' Chas sé ina chathaoir, Nima agus Mackenzie ina radharc. Ghlac sé comhairle óna dtost.

'Jeff!' a dúirt sé, séimh arís, 'rachaidh Mackenzie go Campa a hAon inniu le trealamh agus bia breise. Nima ag dul in airde amárach. *OK?* Sábhálfaidh mé an bataire anois. *Over and out!'*

Chuir sé aguisín leis, an raidió dúnta. *'Planet Earth to Space-Shuttle.'*

Bhí roic sna malaí ag Mackenzie. 'Má shroicheann tusa an Bhearna inniu,' arsa Max leis, 'beidh tú i gCampa a Dó amárach. Rachaidh Dixon leat ón mBearna. Is féidir libh Campa a Dó a shealbhú agus Campa a hAon a fhágáil ag na Poncáin. Déanfaidh sibh iompar amháin go Campa a Trí is beidh sé nach mór ualaithe. Críochnóidh Nima agus Pemba é. Gach aon duine siar chun an champa seo.' Bhuail sé bos ar a ghlúin, céim ar chéim. 'Sos. Ruathar. Mullach!'

'Tá's agat,' arsa Mike ar nós cuma liom, 'go gciallaíonn sé sin nach bhfaighimid píosa le Dixon anseo sa Champa Tosaigh.'

Choinnigh Max guaim air féin. 'Réamhullmhú atá ar siúl. Caithfear buntáiste a bhaint as an aimsir thar rud ar bith eile.'

Bhí na hualaí á n-ullmhú ag Nima is Mackenzie lasmuigh, bairillí oscailte, pacáistí agus beartáin á n-aistriú go málaí droma. Lipéad agus liosta ar gach aon phacáiste. Uimhir an champa go soiléir. Nuair a chonaic Nima na buachaillí ag faire, d'ardaigh sé bairille iomlán is chaith ar a ghualainn é. Thosaigh sé ar sodar i dtreo an tsléibhe, ag feadaíl. Bhain Pavidhan spraoi as an taispeántas. Scaoil sé sruth cainte i Neipeailis. Díspeagadh ina ghlór, d'fhreagair an Siorpa é. Ón treo ina raibh siad ag amharc, thuig Liam go raibh an searbhas dírithe ar an tascar agus ar an mbainisteoir go háirithe.

Bhí an Droim Thuaidh dreaptha trí huaire as a chéile ag Pemba ar thascair éagsúla, Nima ar an mullach ó thaobh Neipeal cúpla bliain roimhe sin.

'Ar mhaith leat siúl go bun an Droma?' arsa Mackenzie le Liam. 'D'fhéadfá filleadh anseo le Nima. Tá sé chun a ualach a fhágáil ag bun na Bearna le tabhairt in airde amárach.' An ráiteas ab fhaide dár chuir sé de ó thús.

'Rachaidh mé go barr na Bearna leat. Campa a hAon!' Sceitimíní ar Liam. Tost mar fhreagra.

Chuaigh Nima chun tosaigh láithreach, ach stad sé ag campa eile leathchiliméadar ar shiúl. Campa Seapánach, Siorpa mar chócaire, Nima suite sa chistin. Sháigh sé a cheann amach, ceiliúr ar a cheannaithe, muga *rakshi* ina lámh. Bhí campaí eile feadh an mhoiréin, tréigthe an t-am sin den mhaidin, na sealbhóirí gnóthach ar an sliabh sa bhabhta dea-aimsire. I bhfad uaidh in airde ar an oighear i dtreo Champa a hAon ar an mBearna, chonaic Liam na frídíní dubha ag tarraingt ar íor na spéire.

Siorpaigh le hualaí do na campaí in airde. Spota beag amháin ag teacht anuas cheana féin, obair an lae críochnaithe.

Bhí cuid d'ualach a chompánaigh á iompar ag Liam, dá dheoin féin. Ba ar éigean a chuaigh an cosán garbh in airde, ach níorbh fhada gur bhraith sé tinneas cinn.

'Ní laige é má bhraitheann tú go dona,' a dúirt an tAlbanach.

Nach ea, arsa Liam leis féin, cantalach. Bhí ceithre oiread meáchain ar Mackenzie agus é chomh compordach is a bheadh sé cois farraige.

'Seans gur dea-chomhartha é.'

'Dea-chomhartha? An mar sin é?' Olc go leor a bheith tinn gan daoine a bheith á shéanadh.

'Tá daoine ann – ' Stad Mackenzie. Ag tabhairt faoi deara nach raibh sé ina aonar? 'Tá daoine ann a théann i dtaithí róthapa ar airde.'

'Níl mise ina measc.'

'Go maith. Is fearr a bheith mall ar dtús. Tapa ina dhiaidh.'

Céard a bhí sé ag iarraidh a rá? Toirtís agus giorria?

'Is iomaí duine a théann de sciuird go hocht míle

méadar, gan dul níos faide. Port seinnte ar an gcéad anáil.'
Ní raibh a thuilleadh le rá, ní hionann is Confucius. Dá
ainneoin féin, bhain Liam sólás as. Scothshléibhteoir, fiú
dá mb'fhearr dó labhairt trí pholl a chluaise.

Bhí learga rite ag méadú os a chionn, an t-oighear ag
bolgadh go bagarthach. Fánaí sneachta idir na
boilsceanna agus líne chaol fiarlán i measc na n-aillte
oighir.

'An é sin an rópa a fheicim?'

Ghearr Mackenzie scríob lena bhróg sa sneachta: rian
na gcos a bhí le feiceáil, an rópa róthanaí don tsúil. Míle
méadar in airde go cuar na Bearna, i mbaol go minic ó
mhaidhm oighir, sciorrmharcanna ag léiriú sleamhnaithe,
rian na gcos á dtrasnáil. Díomá ar Liam nach mbeadh
fuinneamh aige ualach a iompar in airde, fiú dá ligfí dó.

'Nuair a bhíonn ort é a dhéanamh, bíonn sé indéanta.'
Confucius arís.

Ní raibh deifir ar an bhfear céanna. D'fhéach sé in
airde, ag stánadh go géar. Scaoil sé gáire ciúin is shuigh ar
charraig chun a lón a chaitheamh. Níorbh fhada gur
tháinig scairt anuas.

'Mackenzie! Ná bíodh orm dul go grinneall chun tú a
tharraingt liom. Ardaigh do thóin lofa.'

Bhí Liam ar tí léim go bhfuair sé comhartha láimhe. Lean siad orthu ag ithe, ag breathnú amach sa treo ónar tháinig siad ar mhaolchnoic na Tibéide. Níorbh fhada go raibh sciorradh agus mionnaí le cloisteáil lastuas.

'Brostaigh ort!' arsa Mackenzie de ghlaoch. 'Choinnigh mé ceapaire duit.'

Shleamhnaigh Dixon go bun an rópa is thuirling ina measc.

'Ceapaire?' Sméid sé ar Liam. 'Ceapaire Albanach is dócha. D'ith sé féin an fheoil as?'

Labhair Mackenzie. 'Bhí tú ag éisteacht ar maidin?'

'Cinnte bhí mé ag éisteacht.'

'Ní thabharfá freagra?'

'Ní thabharfainn an sásamh dóibh.'

'D'fhéadfá rudaí a chloisteáil nár mhaith leat.'

'Tarlaíonn sé. Bíonn an t-eolas sin úsáideach freisin. B'fhearr liom a bheith neamhspleách orthu.' Chas sé chuig Liam. 'An bhfuil tú ag triall in airde linn?'

Níor ghéill Liam. Dá nglacfadh sé leis an gcuireadh, dhiúltófaí dó láithreach. 'Cheapas go raibh tú ar do bhealach go Campa a Dó? Tá Jeff ag faire amach duit.'

'Níl Jeff ag faire amach d'aon duine ach dó féin. Ná

bíodh aon amhras ort faoi sin. Rachaimid go Campa a Dó amárach nuair a bheidh sé féin is a scáil ar a mbealach anuas. Bhí sé de dhualgas orm titim siar chun cuidiú le Braveheart anseo. Roinn an mála sin liom agus rachaimid in airde. Cé atá chun tusa a thionlacan ar ais go dtí an Campa Tosaigh? Cá bhfuil Nima?'

'Is féidir liom dul i m'aonar. Ní leanbh mé!'

'Beidh Nima anseo,' arsa Mackenzie. 'Tá turas na gcistineacha á dhéanamh aige.'

'Eisean a bheidh á thionlacan ag Liam, más ea. Tá píobán *rakshi* ag rith fad an oighearshrutha, sconna i ngach cistin.'

'Caithfidh siad faoiseamh éigin a bheith acu.'

'Gabh mo leithscéal,' a bhris Liam isteach. 'Ar mhiste leat giota a chur leis an agallamh a rinneamar? Tá an taifeadán agam anseo.'

'Níor mhiste. Tarraing amach é.' Agus thug sé cuntas reatha ar an gcóras. '… Oibrigh go hard, codail go híseal, sin é an mana. Suas píosa. Tit siar. Tóg scís. Suas arís. Campa. Ualaí in airde. Brúigh ar aghaidh. Sciúgaíl. Campa eile. Tit siar. Scís. Bheadh mearbhall ort. Campa a Trí ar ghualainn an Droma, is fearr titim siar go dtí an Bun-Champa, fuinneamh a athnuachan. Scéal eile ag na bastaird seo, ag léim ó bhinn go binn. Tá siad ar dhrugaí leis…'

'Mór an trua,' arsa Liam, críochnaithe, 'nár tháinig Mike leis an gceamara. Tá agallamh ag teastáil go géar uaidh.'

'Ní haon trua ar chor ar bith é. Is fuath liom an bosca sin – an tsúil chúisitheach. Tá's agat, Liam, nach féidir an fhírinne a insint do cheamara? Caithfidh tú áibhéil a dhéanamh chun é a shásamh. Ní thuigeann daoine é sin. Táimid chomh cleachta ar áibhéil na teilifíse nach n-aithnímid an bhréag a thuilleadh. Déanfaidh mé mo dhícheall ar son d'athar, ach níl mé chun m'anam a dhíol ar mhaithe le Max. Tá sé chomh sprionlaithe is a bhí riamh.'

'Téanam ort,' arsa Mackenzie. 'Ná cuir mearbhall ar an mbuachaill.'

Chuaigh an aimsir chun donais. Cé go raibh tús curtha le Campa a Trí, puball beag amháin ann, ní raibh aon bharántas go seasfadh sé stoirmeacha ag breis is a hocht míle méadar ar ghualainn an Droma Thuaidh. Bhí an ghaoth ag réabadh in airde, an sneachta á cháitheadh ina ráigeanna mire, an Droim á sciúradh.

'Súil agam,' arsa Mike le Liam as cúinne a bhéil, 'nach gcailltear na campaí úd. Beimidne inár gcodladh ar an talamh lom, má tharlaíonn.'

'Cad mar gheall ar phluais sneachta? '

'Dúinne, an ea?'

'Le haghaidh na gcampaí in airde?'

'Ní luíonn sneachta a dhóthain ar an Droim chun uaimh a thochailt. Bíonn sé sciúrtha leis an ngaoth.'

'Is féidir leo mo phuball a thógáil ón mBun-Champa, más gá.'

'An mar sin é? Féach, mura gcuireann Max go leor fearais ar fáil, níl mise ná tusa chun dul i mbannaí air. Cearrbhach é ó dhúchas. Ag iarraidh a bhrabús a mhéadú. Tá gnó le déanamh againne. Ní bheimid inár ndíbeartaigh chun Max a tharrtháil.'

D'fhan Liam ina thost. Bhí a athair mar a bheadh múinteoir ag gearán faoi phríomhoide os comhair ranga. Nó tuiste ag gearán faoin tuiste eile… Bhreathnaigh sé in airde ar an sliabh. Le batráil na gaoithe bhí an Droim chomh naimhdeach is a bhí sí fáilteach cúpla lá roimhe sin. Ní fhéadfadh neach ar bith maireachtáil lastuas, na sléibhteoirí ag teitheadh. Tháinig Dixon ar an raidió, an ghaoth ina badhbh nimhneach, an guth ag briseadh faoi mar a bheadh an sneachta ina thonnta thairis.

'Campa a Dó! Campa a Dó! Dixon agus Mackenzie. Ag teacht anuas. Go dona anseo. Beimid i mbun reatha. Bígí ag faire amach dúinn ón mBearna. Beidh maidhmeanna sneachta ann! *Over.*' Scréach gaoithe, an raidió ina thost.

'Maith mar atá a fhios aige cá bhfuil an cnaipe anois!' arsa Max.

———

D'imigh Liam, Mike, Max agus Pavidhan síos go dtí an Bun-Champa láithreach. Leathlá fada chun an turas a dhéanamh. Cé go raibh díomá air a bheith ag teitheadh, bhraith Liam an t-aer ag éirí níos folláine le gach céim i bhfrithing na conaire. Ag breathnú ón mBun-Champa dó, bhí scamaill stoirme ina gcuirtín dubh ar an oighearshruth, an sliabh ar fad slogtha. Sracadh as a chéile é go tobann, is thaibhsigh an tÉadan Thuaidh chuige – an imlíne chomh liath le cnámh. Deich míle ar shiúl, bhí sciúrsáil na gaoithe le feiceáil ina ceo buile, eireaball tiubh ag séideadh siar go tréan ó mhullach an tsléibhe – mar a bheadh simléar ag soláthar geimhridh.

Cúpla lá ina dhiaidh sin, thit fuílleach na foirne siar –

Dixon is na Meiriceánaigh, chomh maith le gach aon tascar eile. Níor fhan ach Pemba agus Nima is a gcomhghleacaithe lastuas. Campa Tosaigh, an sráidbhaile ab airde ar domhan, gan ach Siorpaigh ann, mar ba dhual dóibh. Albanach ina dteannta.

Ar dtús bhí atmaisféar ceiliúrtha sa Bhun-Champa. Greim acu ar scrogall an tsléibhe, i bhfocail Jeff – magairlí an tsléibhe ab áil leis a rá. Bhí scís tuillte acu, ina thuairim, sula n-ionsófaí arís. Níor thaitin an téarmaíocht le Liam. Ná leis an Meiriceánach eile, Jim.

'Nílimid san Iaráic,' ar sé lena chompánach le linn dinnéir. 'Níl gunnaí i gceist.' Fear séimh, acadúil, paisean aige do na sléibhte. Bá aisteach ag an mbeirt lena chéile, nár thuig aon duine eile. 'Bí tusa i do Bhúdaí más mian leat,' arsa Jeff, 'agus beimid ullamh ar gach fronta.'

Béile speisialta a bhí réitithe ag Asha, an oíche úd i ndiaidh an chruatain, béim ar phrátaí agus ar ghlasraí, slaimice feola aige ó thréadaí taistil. Bhí siad ag dúil le mairteoil. Stobhach blasta déanta ag Asha.

'Is trua nár fhág tú ina stéigeanna é,' arsa Max, gréisc ina choinleach féasóige. 'Tá sé níos blasta ná an leathar sin ag Nima lastuas.' Mearbhall ar Asha. Caoireoil! Ina stéigeanna?

'An fheoil úd in airde,' arsa Mike, 'cloisim go

bhfuarthas san oighearshruth é. Stocaí agus bróga air.'

'Bhí Dixon ag cadráil leis lá amháin,' arsa Max, ag gáire os ard. 'Aithne aige air.' Bearna bheag, féachaint an nglacfaí masla.

'Gearmánach,' arsa Dixon. 'Bhí sé ag cur do thuairisce.'

Thosaigh siad ar an bhfuisce. Thairg Max leathorlach do Liam ach dhiúltaigh a athair ar a shon. Ba léir óna shúil nárbh aon mhaith dul ina éadan. D'éalaigh Liam chun na cistine ag cuidiú le Asha agus Pavidhan. Bhí ráigeanna gáire le cloisteáil agus é ar a bhealach níos déanaí chun a phubaill féin. Smaoinigh sé ar thaifeadadh a dhéanamh, ach níorbh fhiú.

Mhaolaigh an dea-mhéin i rith na seachtaine is mhéadaigh an teannas. Aimsir ghruama, an spéir ina suí ar an oighearshruth, claonradharc scanrúil ar an sliabh anois is arís. Dochar á dhéanamh lastuas. Tháinig ráfla go raibh feabhas tuartha. D'imigh Jeff is a chompánach in airde láithreach. D'fhan Dixon. 'Níl sé thart fós, ná baol air. Brisfidh sé arú amárach ar a dhéanaí. Fan go bhfeicfidh tú!' Agus bhris.

Bhí sé de nós ag Liam, i rith an ama sin, dul in airde ar an droimín a bhí in aice leis an gcampa. Ní raibh sé níos mó ná deich méadar in airde, ach ba phointe faire faoi leith don Éadan Thuaidh é agus théadh daoine ann chun pictiúir a thógáil. Deargchosc orthu an láthair a úsáid mar leithreas.

Bhí carraig faoi leith ar chúl na gaoithe a thaitin le Liam mar dhídean. Scaipthe thart timpeall air, bhí slinnte ina gcarnáin de thoradh creimthe. Tiubh, dronuilleogach, mheall siad an lámh le dromchla mín. Bhí croslínte inscríofa in ábhar na slinne, mar a bheadh cearnóg eangaí ar léarscáil. Cosúil le gach patrún eile in inneach na Tibéide, ní raibh dronuillinn le feiceáil, gach aon líne claonta ar fiar, gach uillinn ábhairín géar nó maol.

Ina shuí dó i gcoinne na carraige, thosaigh Liam ag breacaireacht ar na slinnte le scealp cloiche, ag imirt *X agus O* ina choinne féin, amhail is go mbeadh sé ina shuí i seomra scoile. Thosaigh sé ceithre chluiche éagsúla, ag iarraidh buachan air féin gan botún a dhéanamh d'aon ghnó. Rith sé leis go bhféadfaí crosfhocal sléibhe a leagan amach ar scláta. Leideanna a bhain le stair an tsléibhe, abair. Nach mbeadh sé cliste mar fhadhb i ndiaidh an dinnéir? Ach amháin go mbeadh an freagra i gcónaí ag Max…

Ba bheag an caidreamh a bhíodh ann dáiríre, gach duine sáite ina leabhar féin, tóirsí cinn orthu. Ba lú arís a bhí le rá ag Mike, amhail is go mbeadh pána gloine idir é is a mhac. B'aisteach an tsamhail í in áit nach raibh fuinneog ar bith, ná doras féin. Théadh daoine a luí a luaithe agus ab fhéidir, Liam ag éisteacht le ceol go dtí go dtiteadh a chodladh air.

Thagadh Pavidhan ar cuairt le téacsleabhar Béarla. Leabhar scoile Indiach a bhí chomh tur le cairtchlár – go dtí gur aithin Liam an íoróin ann. Bhíodh sé greannmhar ansin, in iargúil an mhoiréin, a bheith ag siopadóireacht i nDelhi – glór meánaosta, meánaicmeach an leabhair á chleachtadh acu.

Triaileadh cártaí oíche nó dhó sa phuball mór. Bhí cuimhne chruinn ag Liam ar na cluichí a d'imrídís agus é ina ghasúr. Na cártaí á roinnt aige sa phuball bia, Asha agus Pavidhan ina lucht féachana, d'airigh sé corraíl ina chuisle, faoi mar a bheadh teachtaireachtaí á seoladh aige chun a athar. Bhíodh Mike ar fheabhas nuair a bhíodh sé sa bhaile… ag súgradh, ag deisiú rothair, ag rith, ag imirt peile. Nuair a bhíodh sé sa bhaile.

Ba chuimhin le Liam cnoc a shiúl lena thuistí agus marcaíocht ghualainne a fháil nuair a bhí sé féin ró-aosta dá leithéid, mar a bheadh sé ag iarraidh a athair a dhaingniú lena mheáchan. Cad a tharla don chaidreamh, don gháire, don tnúthán, don spreagadh? Ba chuimhin leis, ar ndóigh, go dtagadh coilichín air féin uaireanta, taghdanna feirge, deora nach mairfeadh.

Cén doicheall a bhí ina chroí féin, na cártaí á roinnt,

nach ligfeadh dó aoibhneas a léiriú ar a éadan, in ionad an neamhshuim a chleacht sé go poiblí? Mar a bheadh masc cosanta ar a smut. Bhí Pavidhan i gcomhrá de chogar le hAsha, gach cor sa chluiche á mhíniú aige.

Bhíodh cleasanna draíochta ag Mike nuair a bhí Liam óg, páistí eile sa teach ar a bhreithlá. Bhaineadh Mike cártaí as an aer go líofa agus d'fhéadfadh sé airgead a aimsiú i do chluas agus é a thabhairt duit mar chúiteamh. Iarradh air na míorúiltí céanna a dhéanamh arís is arís eile. Baineadh an anáil díobh le hionadh nuair a tharraing sé nóta mór airgid as cluas Liam agus bhronn sé ar a mhac é. Thagadh éad millteanach ar Liam dá ndéanfadh a athair píosa draíochta le páiste eile – duine beag cúthail, abair – rud a chuir náire air ag smaoineamh siar dó.

Nuair a bhí sé naoi mbliana d'aois ní raibh a athair ann ar a bhreithlá. Ní raibh sé ann don deichiú ceann ach oiread. Bhí buachaill i láthair a mhínigh go tarcaisniúil conas a rinneadh an rud. Luathlámhacht, b'in an méid. Bhí an draíocht caite, gan ann ach cleas.

I ndeireadh na dála ní raibh fíorspréach sna cluichí a d'imir siad sa phuball. Bhí Max róchliste. Cé gur chuir Mike agus Liam le chéile ina choinne, níor las an ócáid i gceart agus d'éirigh siad as go luath. Mar sin féin, chuir Pavidhan suim iontach sa chluiche, amhail is go mbeadh sé ag déanamh mionstaidéir air agus léargas bunúsach á bhaint as.

Bhí Liam ag breacaireacht leis ar an scláta feadh an ama, gach re crois agus náid á líonadh isteach. Bhris sé an tslinn ina smidiríní is thosaigh ar cheann nua, comhthreomharáin mhóra ina mogalra air. Bhí tús curtha aige leis an gcluiche, crois amháin scríobtha, nuair a chuala sé glaoch chun lóin. Chuaigh sé in airde níos déanaí, ag súil le radharc ar an sliabh dá scaipfí na scamaill. Bhí marc nua ar an scláta – O néata breactha isteach ina bhosca. Rinne Liam an dara X tar éis dianmhachnaimh is d'fhág ar ais ar an gcarraig é. Faoi mheán lae an lá ina dhiaidh sin, bhí a mharc i láthair ag a chomhfhreagraí.

Fiú mura mbeadh mórán le rá aige féin is a athair, bhí cumarsáid éigin ar siúl, stíl ghrástúil na híoróine ag baint leis, rud a thaitin le samhlaíocht Liam. Leamhsháinn sroichte sa chéad iarracht, thosaigh sé babhta nua. Ghlac sé féin an náid is chuir i lár baill é. Níor mhaith leis a bheith rófhlaithiúil leis na hXanna.

Baineadh tuisle as, an mhaidin dár gcionn, scláta nua ar an gcarn ag feitheamh air, na cearnóga breac le huimhreacha, spásanna áirithe eatarthu. *Sudoku* – ceann éasca agus ceann casta. Bhí cleachtadh bunúsach ag Liam ar an gcluiche, ach ní raibh féith na matamaitice ann. Líon sé isteach an ceann éasca agus ba leor sin dó. Bhí díomá air go raibh Mike ag iarraidh ábhar scoile a bhrú air.

7
Argóint agus achrann

Chaith Dixon lá sa Bhun-Champa ar fhleasc a dhroma, lá eile ina stumpán sa chuibhreann. Bhí sé ar iarraidh nuair a bhí na Poncáin ag filleadh ar an sliabh. Chualathas go raibh sé folaithe san óstán Síneach ag béal an ghleanna, cibé ar bith bealach a d'eagraigh sé fáilte ann. Gach seans, de réir Mike, go rachadh sé ar an drabhlás. Tar éis mí a chaitheamh gan teilifís, gan ríomhaire, thug Liam suntas faoi leith don scéal.

'Ar a cheann féin bíodh,' a dúirt Max. 'Beidh an mullach againn dá uireasa. Ní thaobhóidh Mackenzie féin leis má loiceann sé an tráth seo.'

'An mbeidh scannán againn dá uireasa?' arsa Mike, searbhimní air.

'Ní chuirfidh sé an tascar seo faoi bhagairt! Ní bheidh mé faoi gheall ag aon duine. Geallaimse an méid sin!'

'Ná ceap,' arsa Mike, 'go bhfuil mise chun séasúr a chaitheamh gan luach mo chuid oibre. Má chuireann tú olc air, beidh cúiteamh mo shaothair uaimse.' D'iompaigh Max de gheit. Sula bhfuair Mike a fhreagra, shleamhnaigh Liam as radharc chun na cistine.

Bhí an dinnéar déanach. Theip ar an sorn agus b'éigean d'Asha na prátaí a chur ar leataobh chun é a dheisiú. Bhí cantal neamhghnách sa chistin dá bharr, Pavidhan gafa le brú oibre. Rinne Liam iarracht cuidiú leis ach bhí sé sa bhealach.

'Is dóigh liom,' arsa Max i ndiaidh an dinnéir, 'go mbeadh sé níos fearr as seo amach gan duine ar bith a bheith sa chistin ach an fhoireann chócaireachta. Tá sceideal le coinneáil acu.' An ndearna Asha gearán? Ghoill an cheist go géar ar Liam.

D'fhill Dixon i jíp an óstáin an oíche chéanna, buidéal ina ghlac, ragairne ar a intinn. Bhí sé maith go leor gan a bheith caochta. Réitigh Asha béile dó.

'Ar a laghad, is féidir súil a choinneáil air anseo,' arsa Mike, fealsúnach.

Bhí teannas le scaoileadh. Níorbh é Dixon amháin a chuaigh ar meisce ina dhiaidh sin ach Mike agus Max leis. Thug Dixon deoch do Liam is níor chuir Mike isteach air. Ar éigean a bhí sé slogtha craorag aige, gur ghabh taom déistine é is d'éirigh a ghoile ina scornach. A cheann ina bhulla báisín, chaith sé suas lasmuigh. Scaoil siad gáir i bhfreagairt ar a mhí-ádh. Thabharfadh Liam an leabhar air gur chuala sé aguisín sásta i nglór a athar.

D'imigh sé de shliútar chun a phubaill féin is thosaigh

ar uisce a shlogadh chun an blas gránna a chur de. Ní raibh de smaoineamh ina cheann ach go raibh dinnéar breá caillte aige. Chuala sé Mike á lorg tar éis tamaill, cúram ina ghlór. Lig sé air go raibh sé ina chodladh. Mhéadaigh ar imní a athar, go dtí gur scaoil Liam cnead. Shín Mike a lámh isteach is leag ar a chlár éadain é. D'imigh sé ansin, ar fiarlán, ar ais chun an chuibhrinn. Mhair cló na láimhe mar a bheadh séala. Strainséartha agus gaolmhar san am céanna. Smaoinigh Liam ar an mbuachaillín sa phictiúr. A mhacasamhail féin. Cé acu a bhí á áireamh nuair a síneadh amach an lámh?

A shúile dúnta go dlúth mar a bheadh haistí le linn stoirme, tháinig múisc arís air. Bhí Dixon ag amhránaíocht, an bheirt á thionlacan go leamh – chun é a ghiúmaráil. Amhrán mara nár chuala Liam cheana. Bualadh bos nuair a chríochnaigh sé.

'Níor chaill tú riamh é!' Mike, an bhréag ina ghlór.

Chaill mise mo dhinnéar, a mheabhraigh Liam dó féin, agus is cuma leo. Bhí ocras ina bholg arís ach an blas úrghránna ina chraos an t-am ar fad, madra sa mhainséar. Oíche fhada, fholamh os a chomhair. Bhraith sé na céadfaí níos géire ná mar a bhí riamh, cé go raibh clampar ina chloigeann. Bhí na glórtha sa phuball mór i bhfad uaidh agus in aice leis san am céanna, é suite díreach taobh thiar díobh. Chuala sé cling an bhuidéil, glugarnach ramhar an fhuisce, na gloiní ag gligleáil le chéile.

'Don mhullach!' arsa Max, croíúil.

'An mullach,' a d'aontaigh Mike. 'Agus don scannán!'

'*Ballacs* don mhullach. Agus don scannán!'

'Ní mór an cúnamh é sin,' arsa Max, séimh go fóill.

'Ólaimis don sliabh ina iomláine!' Dixon ag éirí trodach. 'Tá níos mó ná mullach ann. Tá's againn cad a tharlaíonn leis an meon sin!'

'Cad atá i gceist agat? Mí-ádh a bhí ann – más ag tagairt domsa arís atá tú. Níor chuir aon duine locht ar dhuine ar bith.'

'Nár chuir? Ná bí róchinnte. Mí-ádh nó mí-eagar?'

'Dixon!' Léim Mike isteach. 'Tóg bog é. Tá's againn go léir cad a tharla. Rinne gach aon duine a dhícheall. Tú féin san áireamh.'

'Nílim ag tagairt dom féin. Ní mise a chuaigh chun an mhullaigh le Siorpa a bhí traochta i ndiaidh na tarrthála.'

'D'fhéadfadh sé an sliabh a dhreapadh faoi thrí dá n-iarrfaí air.' Faobhar ar ghuth Max. 'Shleamhnaigh sé trí mhí-ádh. Bheadh an seans céanna agatsa, ach thréig tú an sliabh.' Scliúchas tobann, duine ag preabadh ina sheasamh, an bord ag éirí leis.

'A Chríost!' arsa Mike de bhéic. 'Bígí cúramach!' Phléasc sé amach ag gáire. 'Ná doirt an fuisce!'

'Tá an ceart agat, Mike. Gabh mo leithscéal.' Dixon chomh goilliúnach is a bhí sé trodach roimhe. 'Tuigeann tusa an scéal Mike. Tá's agam go dtuigeann. Inseoidh tú an fhírinne ghlan i mo dhiaidh. Féidir liom brath ortsa. Caith siar é sin.'

'An talamh céanna treafa againn,' arsa Mike go suaimhneach. 'Ní cóir an milleán a chur ar an bhfear seo ach oiread. Tá a dhícheall á dhéanamh aige. Déanfaidh Max deimhin de go n-éireoidh leatsa is go bhfaighidh tú aitheantas ar do chuid iarrachtaí. Nach ndéanfadh, Max?'

'Céard eile a dhéanfainn?'

'Agus aitheantas,' arsa Dixon, meallta, 'dóibh siúd a cailleadh nuair nár shroich mé iad…'

'Tá's againn. Ná tóg ort féin é. Beidh sé soiléir go ndearna tusa do dhícheall. Gur thug tú dea-chomhairle. D'eile a dhéanfá?'

Bhí Liam ina leathshuí, an taifeadán á lorg aige. Thug sé ar iasacht do Pavidhan níos túisce é, le dioscaí ceoil. B'fhéidir nár tugadh ar ais é? Lean sé den útamáil. Níor thaitin an ceol céanna leo beirt – suim ag Liam sna fuaimeanna ba radacaí, dar leis féin, Pavidhan meallta ag popcheol a bhí ina bhailiúchán ag Liam ar chúiseanna a bhain le cumha agus uaigneas.

'Max! Ól suas é sin,' a d'ordaigh Dixon. 'Caith siar é. Ná bí i do Shíle feadh do shaoil ar fad. Nílimid uilig chomh sprionlaithe is atá tusa. Right, Mike?' Bhí Dixon ar spraoi arís; gáire garbh ina ghlór.

'Coimeádach atá sé,' arsa Mike, ag gabháil don phlámás arís. 'Agus cúramach. Nach ea, Max?'

'Do rogha féin,' arsa Max, fuarchúiseach. 'Cuirimse stór i ngníomhartha. Is cuma liom focail.'

D'aimsigh Liam an taifeadán faoina mhála codlata, an micreafón i bpóca an phubaill. Bhí na dioscaí ar strae áit éigin – chuir an cuardach masmas arís air – ach bhí ceann fágtha sa mheaisín ag Pavidhan. *Boy-band* Éireannach. Chomh flúirseach le páipéar leithris. Chuir sé an diosca ar siúl, ag taifeadadh thairis.

'Éist, a chairde,' arsa Mike, é ag mungailt na bhfocal, 'sin é mo chuidse anois. Ní thógfaidh mé a thuilleadh. Éirigh as! Olc go leor an buachaillín ag urlacan i do dhiaidh gan mise ag tafann chomh maith.'

'Ní tafann a dhéanfása,' arsa Max. 'Ach *Miaow!* Ar thóir an uachtair.' Gheit Liam le binb an ráitis. Chomh géar le hingne sna cluasáin.

'Cad é sin – ?' Mike éiginnte.

'Tá's agam go maith céard atá á dhéanamh agat sna hagallaimh. Mo dhuine anseo ag caitheamh anuas ormsa is ar an tascar. Tusa á ghríosadh. Ní leor mullach chun scannán a dhíol a thuilleadh. Caithfidh an chonspóid a bheith ann. An laoch agus an feallaire. Ná déan dearmad, a chara, nach mbeidh scannán ann gan tacaíocht uaimse. Níl aon duine chun míchlú a tharraingt ar mo ghnósa le caoinchead uaimse. Tá jab le déanamh anseo sula bhfaigheann aon duine a chuid costais – mise agus tusa san áireamh.'

'Míchlú?' arsa Mike, ag mungailt. 'Níl aon duine ag iarraidh míchlú a tharraingt anuas. Ach amháin tú féin, b'fhéidir? Tuigimse an gnó atá le déanamh. Níl uaim ach scéal físiúil. Coinnigh tusa leis an gconradh agus déanfaidh mise amhlaidh. Táimse ag dul chun mo leapa anois. Go dtuga Dia ciall don bheirt agaibh roimh mhaidin!'

Chuala Liam na céimeanna tútacha ag scríobadh na gcloch, Mike ag argóint leis féin go dtí gur bhain cordaí a phubaill tuisle as agus thit sé de thuairt isteach ann. Chuir an sorcas iomlán náire ar Liam; uaigneas ina dhiaidh sin. Bhí an ceol ab ansa le Pavidhan á scrios aige leis an taifeadadh, gan d'fheidhm aige ach triail a bhaint as an micreafón fadraoin. Bhuel, nach ndearna Asha gearán faoi, agus nár fágadh ina aonar é dá bharr…

Ina dhiaidh sin, bhí ionadh air gur fhan Max agus Dixon ag ól le chéile nuair a bhí Mike imithe. Chomh cruabhruite gur cuma leo naimhdeas eatarthu? Ar éigean a thuig sé daoine a bheith chomh huaigneach go nglacfaidís le comhluadar ar bith, dá nimhní é.

'Faisnéis ar bith ón *Luftwaffe?*' arsa Dixon go borb. 'Dóthain trealaimh acu chun stáisiún aimsire a bhunú.' Chuimhnigh Liam ar an rud a dúradh faoi Dixon: "Is aoibhinn leis daoine a shaighdeadh. Sin a thuigeann sé le caidreamh."'

'Níl aon mhíorúilt á tuar.' Bhí Max ar an gcothrom arís. 'Ná uafás ach an oiread. Caithfear rith leis. Dúirt Jeff ar an raidió inniu go bhfuil sé ag smaoineamh ar an mBearna Thuaidh arís arú amárach. Tá na rópaí faoi shneachta. Beidh Siorpa nó dhó á nglanadh amárach má tá an t-ádh linn. Cathain a rachaidh tusa in airde? Amárach?'

'Ní rachaidh. Ná arú amárach. Ní haon tairbhe bheith ag feitheamh in airde. Ídiú fuinnimh. Chonaic mé an cúlsruth ón mullach inniu. As riocht go ceann seachtaine. Deich lá b'fhéidir. Nílimse ag dul áit ar bith.'

'Tá an ghaoth ag maolú in aghaidh an lae. Dúirt Jeff gur fiú Campa a hAon a thochailt is a chur ina sheasamh…'

'Agus é a bheith clúdaithe arís an lá dar gcionn? Nó scuabtha chun siúil? Focain *cowboy* is ea Jeff. Tusa níos measa má ligeann tú dó an sceideal a shocrú.'

Mheas Liam gur chuala sé díoscán fiacla, ach ní raibh an micreafón géar go leor. Max ag teannadh ina shuíochán, b'fhéidir.

'Tusa a bheidh thíos leis má ghlanann sé. Beidh Mackenzie ina urchar in airde leo. Tá bónas le tuilleamh aige. Agus an dóigh leat go bhfuil Pemba chun teacht anuas agus fanacht go mbeidh tusa ullamh don dara babhta?'

'Don diabhal le Pemba. Beidh Nima i mo theanntasa. Ní mharóidh sé é féin ar son sceidil.'

'Fanfaidh sé ortsa, an dóigh leat, go mbeidh na campaí suite, rópa go buaic ag na Seapánaigh? Déanfaidh is é! Beidh na campaí á struipeáil agus an bheirt acu ar ais go Neipeal. Tá grúpaí siúil ag feitheamh orthu. Athrú mór ar chúrsaí ó bhí tusa anseo cheana.'

'Sin é an dóigh, an ea? Tá siad faoi bhrú airgid agat? Na scriúnna orthu. "Bainigí an mullach agus glanaigí libh abhaile." Foc Dixon, an ea? Bainfidh tusa fad as do phunt agus faichill a thóna féin ar gach aon duine eile?' Dorn ar an mbord. 'Tarraingeoidh tú an dara tragóid orainn. Ní choinneoidh mise mo chlab dúnta an t-am seo. Ná fear úd an cheamara ach oiread. Mura bhfuil seisean i do phóca agat cheana féin!'

'Seo é an modh is sábháilte,' a ghread Max faoina fhiacla. 'Dá fhad é ar an sliabh is ea is measa. Dá mbeadh do rogha agatsa bheimis ag feitheamh go dtí an monsún. An leisce sin a tharraingíonn tubaiste.'

'Leisce!' Scairt as Dixon. 'Beidh maidhmeanna sneachta ag bagairt an bhealaigh go Campa a hAon go ceann seachtaine, fiú má ghlanann sé anocht. Déanfaidh na Poncáin a rogha féin, ach níl sé ceart ná cóir Siorpaigh a bhrú amach ina leithéid d'aimsir. Maróidh tú tuilleadh díobh chun dollar a shábháil...'

Phléasc Max. Ní raibh Liam in ann ciall a bhaint as an sruth a scaird sé ina scalladh gan stad – mionnaí, mallachtaí, bagairtí ar mullach a chéile. Cuid de i dteanga iasachta, cuid eile ina racht bruithneach feirge, agus cuid faoi dheireadh a bhí chomh fuar, searbh le nimh. Theip ar thuiscint Liam, faoi mar a bheadh balla cosanta idir a chéadfaí is a chiall.

Ní dúirt Dixon dada. Shamhlaigh Liam é, gloine ina dhorn, miongháire searbh ina fhéasóg, spréacha ina shúile is é ag glinniúint ar a chéile comhraic faoi chochaill a mhalaí.

8
Éalú

Cúig lá níos déanaí… Am lóin sa Bhun-Champa. Fear ag siúl chucu ar an moiréan. Fad scairte uathu, thosaigh sé ag rith. A lámha san aer. Ag béicíl.

Súilaithne acu air: Tibéadach óg ón ngleann laistíos, buachaill cistine ag na Seapánaigh. Ar a bhealach anuas ón gCampa Tosaigh, tháinig sé ar an timpiste. I measc na gcarraigeacha. Ar an oighear. Cúpla uair an chloig uathu. Ní raibh ainm an taismigh aige. Chum sé féasóg, a mhéara ag crith ar a ghiall. Chuir sé bolg air féin. Cloigeann trodach, sáite chun tosaigh. Na leicne ina bpluca, a bheola ar leathoscailt chun searbhas a scaoileadh, seile a chaitheamh. Na malaí ina bpúcóga. Dixon ina steillbheatha rompu, sular chrap sé mar a bheadh balún pléasctha.

Labhair an fear óg le hAsha, comhtheanga bhriste. Liam agus Pavidhan ag brú isteach orthu, Max ag brostú ar an láthair. Bhí deora ina shúile ag Asha, ag iarraidh diúltú don scéal. An teachtaire ag béicíl a chuid fianaise. Mhínigh Pavidhan.

'Fuair sé *Mister Dick* ar an oighear. Ina luí síos.'

'Dixon? Ní féidir. Bhí sé anseo inné!' Liam féin á shéanadh.

'Ar a bhealach… Fána shleamhain agus carraigeacha.' Croitheadh is claonadh cinn.

'An bhfuil sé beo?' Max ina scian go smior. Bhí an mothú súite óna éadan, an craiceann teann, griandath mar a bheadh snas ar leathar. Leag an strainséir bos na láimhe ar chúl a chinn agus chnag chun tosaigh é, a chloigeann á chasadh go borb ar leataobh. Bhain sé díoscán gránna as a scornach.

'Asha, tabhair aire dó,' a d'ordaigh Max. 'Abair gur féidir leis dul abhaile amárach. Gheobhaidh sé luach a shaothair agus socróidh mise leis na Seapánaigh é.' Ghlac an fear óg leis an tairiscint. Ní raibh fonn air an corp a fheiceáil an dara huair.

Brú mór chun tosaigh lastuas, an aimsir tar éis glanadh gan choinne. B'in an fáth ar imigh Dixon, deifir mhór air. Comhartha na práinne go ndeachaigh Max roimhe, cuid dá ualach á iompar – chun go bhféadfadh Dixon an turas in airde a dhéanamh in aon ruathar amháin. Bhí Asha agus Pavidhan ar cuairt chun na mainistreach nuair a ghlan an aimsir, agus bhí tinneas ar Liam.

Le nuacht na timpiste, chreid Liam gur loic sé ar Dixon. Dá mbeadh sé ina theannta… Ach conas a thitfeadh dreapadóir oilte ar an mbealach úd? Cinnte, bhí paistí oighir, fánaí reoite, screathain shleamhna. Mar sin féin, ní raibh ann ach siúlóid fhada in airde.

Tuairisceoir thar aon ní eile, sháigh sé an micreafón i dtreo Max. Dhóbair do Max an lámh a bhaint de.

'Níl mórán amhrais faoinar tharla,' a ghéill Max trína fhiacla. 'Bhí deifir air ag dul in airde. Oighear ina screamh ar na carraigeacha. Caithfidh gur sciorr sé is gur bhuail sé a chloigeann. Ualach ar a dhroim, thit sé le fána, bunoscionn b'fhéidir, an dochar déanta. Tarlaíonn sé.' Bhreathnaigh sé ar an micreafón. 'Cuir uait é sin!'

An taifeadán stoptha, lean sé air. 'Mhol mé dó dul suas le d'athair trí lá ó shin, ach ní rachadh. Chloígh sé lena thuairim féin, le teann doichill. Féach air anois. Féach air! Bhí sé fós do mo shaighdeadh inné is mé ag iarraidh cabhrú leis ar a bhealach. Seo an toradh anois!'

Ba chuma le Liam an taifeadán a bheith múchta. Bhí nóta ina ghlór ag Max a bhain le maistíneacht scoile. Ní raibh sé oiriúnach i láthair an bháis. Phreab Max ina sheasamh is chas timpeall ar urlár an phubaill, na súile ciaptha, a aghaidh á cuimilt lena lámha, faoi mar a bheadh sé ag iarraidh é féin a aithint. Faoi scáth na timpiste bhí léargas aisteach ar an timpeallacht, solas lom an mhoiréin. Thug Liam faoi deara chomh bocht, seanchaite is a bhí éadaí Max, a léithe is a bhí an coinleach ar a ghialla.

'Max? An mbeidh siad uilig ag teacht anuas… don tsochraid?'

'Anuas?'

'Gach aon duine ar an sliabh. An bhfuil tú chun glaoch orthu?'

Stad Max dá chiorcláil is stán idir an dá shúil air. Tháinig an freagra go mall, tomhaiste. 'Níl mé chun glaoch ar aon duine. Sa chéad dul síos, tá an raidió briste. An dtuigeann tú? Tá an raidió briste! Níl aon duine fágtha sa champa anseo chun cabhair a thabhairt – an Droim indreaptha den chéad uair.

'Éist, ná bac leis an taifeadán! Má ghlaoim orthu, cé a thiocfaidh? Mackenzie agus Nima, b'fhéidir. D'athair, gan amhras. Ní bhogfaidh na Poncáin. Ná Pemba. Má theipeann ar an aimsir arís, beidh siad tréigthe thuas ansin, gan Mackenzie nó Nima i gcabhair orthu. Ní féidir an riosca sin a ghlacadh. An dtuigeann tú?'

'Rud eile…' Rithim anois faoi mar a bheadh sé ag deachtú. 'Má ghlaoim orthu, ar raidió éigin sa Bhun-Champa, scaipfear an scéal ar fud an tsléibhe. Beidh an nuacht ar an Idirlíon láithreach; sna meáin laistigh de lá. Ainm Dixon ar fud an domhain. Marbh ar an gcosán go bun an tsléibhe. An é sin an scéal a theastaíonn uainn a scaoileadh? Go raibh sé ar meisce?'

'B'fhéidir gur bhain taom croí dó?' Bhí mearbhall ar Liam.

'Dá mbeadh croí aige! Dhéanfaí ceap magaidh den chomhlacht, den tascar. Seanchreatlacha ag fáil bháis ar an gcosán go hEverest.'

Bhí fonn ar Liam an scannán a lua. Ní raibh sé de mhisneach aige. Ní bheadh scannán ann. Giota de chlár faisnéise, giota nuachta. Rith sé leis gur theastaigh ó Max an ceamara a choinneáil ar an sliabh ar eagla go gcuirfí pictiúir amach sula mbeadh sé féin ullamh. Riachtanach go mbainfeadh na Poncáin craobh an mhullaigh. B'in an sprioc a bhí ag Max. Dúirt Mike an rud céanna níos mó ná uair amháin ach níor thug Liam aird air. Ba chuma leis faoi Dixon. Ar na Meiriceánaigh a bhí sé dírithe.

'Tá's agam,' arsa Max, 'gur mhaith leat labhairt le d'athair. Is trua go bhfuil an raidió briste. Ach smaoinigh! Beidh Mike ar an mBearna Thuaidh amárach leis an gceamara. Gach seans go mbainfidh sé amach Campa a Dó freisin, le Nima. Seacht míle cúig chéad méadar. Smaoinigh! Beidh sé ag súil le Dixon in airde, ach is fear gairme é agus gheobhaidh sé raidhse ábhair ó Jeff agus – céard is ainm dó? – Jim! Scaipfidh siad an stuif sin go forleathan i Meiriceá, bí cinnte de. Beidh breis agus luach a shaothair ag Mike, ach Jeff a shásamh. Geallaimse duit!'

Agus poiblíocht duitse, arsa Liam leis féin. Ach amháin go bhfuil corp ar an oighearshruth. Choimeád sé a bhéal druidte, ag cuimhneamh dó ar an bhfearg sa phuball céanna i lár na hoíche. Dochreidte nach raibh eagla ar Dixon agus Max á adhaint aige.

Ní raibh an díomá curtha de ag Liam gur fágadh sa Bhun-Champa é nuair a d'fhill Mike in airde. Comhcheilg idir a athair agus Max. Róbhaolach dó a bheith in airde, a dúirt siad. Baol tinnis. Agus easpa spáis sa Champa Tosaigh, ar ndóigh.

'Féach anois!' Tháinig Max chuige féin, réiteach ina chloigeann. 'Tá go leor le déanamh. Coinneofar an dráma seo eadrainn féin – ar feadh tamaill eile?' Meangadh gáire ar a bhéal, bior ina shúil. Chlaon Liam a cheann go righin.

'Go maith!' Sháigh sé a chloigeann lasmuigh is ghlaoigh ar Asha. Bhí an fear bocht trína chéile nuair a tháinig sé. Ghearr Max isteach air.

'Níl leigheas air. Abair leis an Tibéadach úd rud eile a dhéanamh dúinn sula n-imíonn sé. Tabharfaidh sé puball in airde go láthair na timpiste – rachaidh tusa in éineacht leis – chun an corp a chur ann. Cosaint i gcoinne na haimsire. Agus na n-éan.

'Leanfaidh tusa ort in airde, Asha, le litir don Champa Tosaigh. Fanfaidh tú lastuas, i mbun cócaireachta, fad is atá siad ar an sliabh. An dtuigeann tú?'

D'éirigh Asha níos cráite. An mbeadh orthu an puball a roinnt leis an gcorpán i rith na hoíche? Ba leor, dar le Max, é a chur i seilbh ag breacadh an lae: sula dtiocfadh na badhbhanna air. Thug Asha le tuiscint nach bhfillfeadh an Tibéadach ar láthair na tubaiste.

'Abair leis,' arsa Max, 'go mbeidh suim ag na húdaráis ina scéal mura gcabhraíonn sé linn. An duine deireanach a chonaic an corp.

'Agus abair le Pavidhan fanacht anseo, Asha. Tá obair le déanamh amárach. Brostaigh, nó beidh sé dorcha agus an corp le haimsiú.'

Dhá uair an chloig roimh chlapsholas, d'imigh an bheirt, Pavidhan ag cabhrú leo ar feadh tamaill, é faoi ordú filleadh ó bhéal an Rongbuk Thoir chun dinnéar a réiteach.

'Beidh siad ar an gcosán i rith an dorchadais,' arsa Liam, ag breathnú i ndiaidh na foirne. Cuma thruamhéalach orthu.

'Meas tú?' Neamhshuim ag Max. 'Tá a lán le foghlaim

agat. Ní rachaidh siad céim níos faide ná mar is mian leo dul. Cuirfidh siad an pubaillín sin ina sheasamh chomh luath is a imeoidh siad as radharc. Beidh siad pulctha istigh ann go maidin. Chuireas chun siúil anois iad i dtreo is nach gcaillfí am ar bith amárach.'

Nach raibh muinín aige as duine ar bith? Asha, fiú. Ina shuí ag an mbord, dhún Liam a shúile le tuirse is le dólás.

'Féach,' arsa Max go bríomhar, 'is fearr a bheith gníomhach in am na héigeandála. Seo, gheobhaidh mé rud éigin chun d'aigne a spreagadh.' D'imigh sé chun a phubaill is d'fhill go sciobtha, leabhar ina ghlac. Bhí Liam bréan de na leabhair. Dhún na fabhraí ar a shúile arís faoi mar a bheadh ualaí orthu. An leabhar de thuairt os a chomhair. Max ag análú ina chluas. Gréasán gránna ar an gclúdach, uimhreacha, bearnaí eatarthu. Sudoku – Míle Cluiche Nua.

'Níos suimiúla ná an Náid is Crois úd a bhí againn, nach bhfuil?'

Ní raibh oiread is macalla ar an moiréan, an ghaoth ina tost. Ní raibh an corraí is lú le feiceáil. Bhí an spéir dúghorm le bagairt na hoíche, gan scamall. An saol is a mháthair in airde ar an sliabh. An leabhar os a chomhair, Max ar a ghualainn, bhraith Liam mágra éadain ag teacht air.

———

'Pavidhan! Pavidhan!' Cogar trí fhlapa na cistine i mbreacsholas na maidine. An spéir chomh mín le miotal, lán an tuaiscirt cheana féin de thoirt an tsléibhe. An t-oighear ina liath luaithrigh roimh éirí na gréine, dubh na carraige le feiceáil arís, an sneachta sciúrtha ón éadan.

'Pavidhan, dúisigh!' Bhí buicéad i ngreim ag Liam mar leithscéal. Chaithfeadh sé labhairt le duine éigin, nimh an drochamhrais á chiapadh. Chorraigh an cnapán scáile ar an urlár is d'éirigh go mall ina shuí. Dhírigh Liam an tóirse air. Rian an fhuachta ar aghaidh an bhuachalla, a leicne ata faoina shúile amhail páiste tar éis goil.

'Ar chodail tú?'

Croitheadh cinn. 'Rófhuar.'

'Cén fáth nár tháinig tú chugamsa? Tá fuílleach spáis.'

Bhreathnaigh an Rai air gan mhothú ina shúile. Thosaigh sé ag méanfach, a ghialla ag díoscán. Bhí sé chomh traochta nár ardaigh sé a lámh os comhair a bhéil, rian an ghalair le feiceáil ar na fiacla tosaigh, radharc a bhain stangadh as Liam. D'fhéach sé go marbhánta timpeall na cistine faoi sholas an tóirse. Spréacharnach seaca ar na potaí stáin. Buicéad faoin mbord, shín

Pavidhan a lámh isteach is bhuail smitín ar an oighear lena ionga, amhail is go mbeadh fuinneog shobhriste á triail aige. D'fhill a shúile ar Liam, fós gan mhothú, gan focal. Bhí sé lánghléasta faoi dhá bhlaincéad. Thuig Liam cad a tharla. Drochmhálaí codlata a bhí ag Pavidhan is a athair. B'éigean d'Asha an dá cheann a bhreith in airde leis, mar nach seasfadh sé an fuacht sa Champa Tosaigh le ceann amháin.

'Tá dóthain uisce anseo.'

'Caithfidh tú teacht liom. Le do thoil.'

'Róluath,' arsa Pavidhan. 'Róluath.' Ach d'éirigh sé.

Níor labhair Liam ach an t-aon abairt amháin ar an mbealach chun an tsrutha. 'Is dóigh liom gur mharaigh Max é.'

Níor shéan Pavidhan an ráiteas, is níor aontaigh sé leis. Chas sé a shúile ar Liam arís gan spréach, faoi mar a bheadh an freagra reoite ina chloigeann.

———

Leite a d'ith Max ar éirí dó. Sracfhéachaint tur ar Liam ag spágáil isteach déanach don bhricfeasta. Níor bheannaigh siad dá chéile. Chuir Max subh ar a chuid leite is d'ith sé an phraiseach go néata. Bhí cnapáin ann, rud nach dtarlódh le hAsha. Rinne Liam bainne le púdar agus uisce te. Dhoirt sé ar an leite é is chuir dhá spúnóg siúcra leis.

'Bhí tusa i do shuí go luath,' arsa Max. 'Chuala mé an bheirt agaibh ar an moiréan. Céard a thug amach thú?' Ag tabhairt le fios nár shleamhnaigh aon rud thairis.

'Bhí mé i mo dhúiseacht.'

'Féach, tarlaíonn timpistí, a bhuachaill. Bhí a sheal caite ag Dixon. Ní raibh seans ar bith go ndreapfadh sé an sliabh úd thuas. Ba mheasa dá bhfaigheadh sé bás ag a hocht míle méadar. Do leithéidse anois, i dtús do shaoil – níor mhaith liom go dtarlódh timpiste do dhuine óg.' Gheit Liam agus thit an spúnóg.

Lean Max air. 'Bhí Seapánaigh anseo in '87. Slua díobh ina scuaine ar an Droim Thiar. Thit an seancheannaire i bpoll ar an oighearshruth. Is ar éigean a bhí dóthain uisce ann chun coileán a bhá, ach bádh é. Bhí daoine a rá nár thimpist é – go raibh scoilt sa champa. Seafóid! Fágadh i bpuball é gur tháinig an bhaintreach ón tSeapáin. Dódh an corp os comhair na mainistreach – samhlaigh an ghal a chuir sé de – agus d'imigh a bhean le bosca luaithrigh.

'Mharaigh sé éan sa Bhun-Champa anseo. Fiach dubh a bhíodh ag goid bia. Bhí mallacht air dá bharr, má chreideann tú a leithéid.' D'ól sé a chuid tae, gan bainne, gan siúcra.

'Dála an scéil,' lean sé leis, 'tá Chow Li ag teacht in airde ar maidin.' Amhail is gur rith sé leis an nóiméad sin. Bhraith Liam preab dóchais. An tOifigeach Caidrimh! Ceann ag taisteal le gach tascar. Chow Li, captaen míleata, a bhí le Max. Chomh luath is a shroich sé an Rongbuk d'éirigh sé tinn is thit i bhfad siar go Tingri, baile beag ag bun an ghleanna. Ní foláir nó bhí seasamh aige, de réir Mike, mar níor cuireadh aon duine chun a áit a líonadh. Tháinig sé in airde chuig an óstán ar an Rongbuk uair sa tseachtain; bhí cruinniú aige le Max is d'fhill sé ar Tingri. Éad ar na tascair eile, cuach sa nead acu uilig ag faire go géar orthu.

'Déarfaidh tú leis cad a tharla?'

'An dóigh leat?' Shuigh Max siar, a shúile leathdhruidte. 'Nach mbeadh sé níos fearr an nuacht a bhriseadh dó an tseachtain seo chugainn? An sliabh dreaptha agus ár gcairde ar a mbealach anuas. Níl aon chruthú agamsa go bhfuil scéal an Tibéadaigh fíor. Cá bhfios? Níor mhaith liom póilíní a tharraingt in airde gan chúis.'

'Beidh a fhios ag Asha faoin am seo,' arsa Liam, colgach. 'Beidh an corp aimsithe aige.'

'Tá Asha ar a bhealach chun an Champa Thosaigh. Ní bheidh sé ar fáil chun a thuairim a thabhairt.'

'An Tibéadach…?'

'Tabharfaidh Asha a chuid airgid dó ar maidin. An dóigh leat go dtiocfaidh sé ar ais anseo? Bónas ina phóca, tá sé ag teannadh leis abhaile cheana féin.'

Tháinig taom feirge ar Liam, gan foláireamh. Max ag súgradh leis, mar a bheadh páiste ann.

'Tá tú thar a bheith cliste, nach bhfuil…?' Phléasc sé. 'Dixon marbh agus is cuma leatsa ach Jeff a bheith ar mhullach Everest. Ní féidir daoine a chur i mboscaí de réir mar a oireann duitse. Bhagair tú bás ar Dixon. Inseoidh mise do m'athair cad a chuala mé agus feicfimid… rud éigin!'

'Bagairt! Cén bhagairt? Níor bhagair mise rud ar bith. Go fóill!'

'Dúirt tú go marófá é! Tá fianaise agamsa…' A luaithe is a scaoil sé é, bhuail eagla Liam. A chroí mar chasúr ina chliabh.

'Sea, fianaise! Agus ní mise amháin a chuala. Bhí daoine eile ag éisteacht.' Cé eile? Murach Pavidhan bocht?

'Tabhair dom é!' Timpeall an bhoird de ruathar. Phreab muga tae san aer. Greim iarainn ar ghualainn Liam, rop

Max sip an tseaicéid ar oscailt. Bhí an taifeadán ar a bhrollach ag Liam. Ar siúl. Tharraing Max an tsreang dhubh. Léim an micreafón siar as muinchille an tseaicéid agus thit fad na sreinge, ag luascadh is ag preabadh ina nathair nimhe. Thit Liam siar faoin ionsaí, a aghaidh liath. Rug Max greim ar an micreafón, chaith ar an talamh, is chuir a sháil air. Liam á cheansú gan dua aige, bhain sé an diosca as an meaisín.

'Nach bhfuil ciall ar bith agat, a bhuachaill? Ní bhfaighidh tú fuaim mhaith trí do mhuinchille. Díoscán an tseaicéid a bheidh le cloisteáil, sin an méid. An é seo an diosca céanna a bhí agat ag cluasaíocht an oíche cheana? An é?'

Chroith Liam a cheann. Smaoinigh sé, is rinne a mhalairt. Ní fhéadfaí Max a dhalladh. Shleamhnaigh sé an diosca beag ar ais sa mheaisín, bhrúigh cnaipe. Diosca nua, gan ach tamaillín taifeadta.

'Cá bhfuil sé?'

'Ní bhfaighidh tú é. Tá sé i bhfolach!'

D'fháisc Max a ghreim ar an ngualainn, ag coipeadh le fearg. Scaoil Liam scread péine. Osclaíodh flapa an dorais agus thaibhsigh Pavidhan sa phuball, citeal ina lámh, gal ag éirí as. Scaoil Max a ghreim. Sheas Pavidhan eatarthu, chomh balbh le hadhmad. Bhí gob an chitil dírithe ar an mbainisteoir.

Shuigh Max ar ais ina chathaoir. Tháinig iarracht gháire chun a bhéil.

'Níl a fhios agam go cruinn céard a chuala tú – spochadh agus saighdeadh is dócha?' Bhí a ghlór réidh arís, faoi smacht aige. Níor fhreagair Liam is níor mhaolaigh a sheasamh. Bhí Pavidhan ina dhealbh taobh leis.

'B'in an stíl a bhí ag Dixon; daoine a ghríosadh chun feirge. Ní raibh sé amhlaidh i gcónaí. D'fhéadfadh sé gaisce a spreagadh uair amháin. Sular chaill sé a mhisneach féin.'

Tháinig an jíp de ruaig isteach sa champa, sciorr chun stad, bonnán á shéideadh. Chruaigh Max a bhéal. D'imigh a bheola as radharc. An Captaen Chow Li ag feitheamh air san óstán.

'Bíodh an diosca sin i mo lámh chomh luath is a fhillfidh mé. Ná bíodh orm é a lorg an dara huair!' Phreab sé a mhéar i dtreo Liam. 'Beidh ortsa ceacht a fhoghlaim, pé duine a mhúineann duit é, mise nó d'athair. Níl sé de cheart agat comhrá príobháideach a thaifeadadh, cuma conas mar a shamhlaítear duit é. An gcloiseann tú mé?'

'Bíodh an diosca sin i mo lámh i gceann uair an chloig!' Chas sé ar a sháil is ghread sé leis.

'Pavidhan! Céard a dhéanfaidh mé?' Bhí aghaidh an Rai fós plúchta le fuacht is le heaspa codlata. Dhún sé a shúile. B'fhéidir go mbeadh réiteach ann sula n-osclódh sé iad.

'Ní bheidh sé sásta leis an diosca amháin,' arsa Liam. 'Beidh air mise a chur i mo thost freisin.'

'Raidió,' arsa Pavidhan. 'Glaoigh orthu, ar an sliabh.'

'Bhris sé an raidió. Nó bhain sé páirt as. Caithfidh go bhfuil siad an-bhuartha lastuas. Ar a laghad is féidir leo labhairt lena chéile ar an bhfearas láimhe. Dá n-aimseoinn Mike ar raidió éigin, céard a déarfainn? Ní chreidfeadh sé mé.'

Ní raibh boige sna súile a dhírigh Pavidhan air. 'Conas is eol duit gur mharaigh Max é?'

'Bhí sé leis ar an oighearshruth an lá úd! Fiú murar bhrúigh sé Dixon, cuirfidh mé geall nár chabhraigh sé leis nuair a thit sé. Dá gcloisfeá an argóint eatarthu an oíche cheana! Bhí Dixon chun an comhlacht a scrios agus Max chun é a mharú. Tá Dixon marbh anois. Cé hé an chéad duine eile?'

'Éalaigh, b'fhéidir?'

'Cá háit?'

'Kathmandu. Lhasa…'

'Bhéarfadh sé orainn. Bheadh gach aon duine ar ár dtóir. Ní fiú an diosca a thaispeáint do dhuine ar bith lasmuigh den tascar. Ní thuigfidís é. Agus tá an tOifigeach Caidrimh ina phóca ag Max. Oireann an socrú dóibh araon…' Stad sé nóiméad, lean air go mall. 'Murar féidir dul síos,' ar sé, 'níl de rogha ach… Féach, is féidir leatsa moill a chur air anseo. Lón déanach agus mar sin de. Abair leis go bhfuil an diosca i bhfolach píosa fada uainn is go bhfuilimse imithe chun é a thabhairt ar ais. Abair rud ar bith.'

A chloigeann á chroitheadh ag Pavidhan ó thús. 'Tiocfaidh mé leat. Go dtí Asha.'

Leathuair an chloig caillte cheana féin. Tharraing Liam éadaí sléibhe le chéile is phulc isteach ina mhála droma iad. Chroith sé na cuaráin de is sháigh a chosa ina bhuataisí sléibhe. Piocóidí oighir! Crampóin. Ní bheadh gá leo, ach ní fhéadfadh sé iad a thréigean. Laoch is a chuid uirlisí. Rith Pavidhan as radharc… timpeall ar chúl an droma bhig in aice leis an gcampa. Shíl Liam gur athraigh sé a intinn is go raibh sé ag feitheamh as radharc. Cé a chuirfeadh locht air? Ach tháinig sé ar ais de rith agus rug greim ar a mhála féin, na blaincéid á mbrú isteach ann. Poill ina stocaí, tharraing sé na seanbhróga air, ar athláimh ó Shiorpa, iad chomh spágach le boscaí.

Chaith Pavidhan ualach cáise agus cannaí beaga i mbarr a mhála, sorn beag gáis, lastóir. Bhí paicéad leite á bhrú isteach aige nuair a thosaigh Liam ag rith ó thuaidh. Rug an Rai ar an bpaicéad i lámh amháin, dornán chapati sa lámh eile agus bhí siad ar a mbealach.

Cúig nóiméad déag ar sodar sular chuir siad an Bun-Champa as radharc. An t-allas ag rith leis, stad Liam le féachaint siar. Bhí a ghlúine ag crith, a chroí mar a bheadh Uzi beag ag clagarnach ina chliabh. Turas achrannach os a gcomhair, ag tarraingt in airde, gan tuairim céard a bheadh rompu ar deireadh. I bhfad ó dheas, i dtreo na mainistreach, chonaic sé puth deannaigh ag tarraingt go tapa ar an mBun-Champa.

Ní fhéadfadh an jíp dul níos faide ná an campa, an talamh ina dhiaidh sin róbhriste. Bhí tosú ruthaig acu. Ach níorbh aon righneálaí é Max. Bhí sé aclaí, lúfar agus bheadh luas na feirge faoi.

Ar an lámh eile de, an mbeadh sé róchliste le teacht ina ndiaidh? Ní raibh aon chruthú ann gur mharaigh sé duine ar bith. Bhí an fhuaim go dona, an micreafón rófhada ó na cainteoirí, na focail leathphlúchta. Bhí a fhios ag Liam cad a bhí á rá, ach an dtuigfeadh aon duine eile é? Mike go háirithe. Bhí seisean i gcónaí ag áiteamh ar a mhac an micreafón a chur i mbéal an chainteora chun fuaim ghairmiúil a fháil. Rachadh Max i mbun cluana agus chuirfeadh sé dallamullóg air. De thoradh na heachtra, bheadh obair an tsamhraidh curtha amú, an scannán caillte. Ní mhaithfeadh a athair dó é. Mar sin féin, bhí a lán nach maithfeadh Liam dá athair. Ag dul i bhfad siar …

Mhéadaigh ar a imní ag breathnú ar a chara – mála millteanach ag marcaíocht ar a dhroim, an leite is an t-arán ina lámha go fóill, na buataisí níba oiriúnaí do gheamaireacht ná do bhealach sléibhe.

'Ní bheidh mé in ann an luas seo a sheasamh,' arsa Liam de bhéic.

Mhoilligh Pavidhan. 'Ní thiocfaidh Max go tapa.'

'Conas san?'

Tháinig aoibh ar éadan an Rai. 'A bhróga. Tá siad i bhfolach.'

'Sin an fáth a ndeachaigh…' Scaoil Liam scairt áthais. Níor mhair an lúcháir. 'Trua nár thugamar linn iad le hadhlacadh.'

'Ní bheidh a fhios aige cá bhfuil siad.'

'Pavidhan, ba mhaith an beart é. Ach sin é an áit ina

dtéann Max chun an leithris! Sea, é féin a bhriseann an riail. Nach raibh a fhios agat?' Rith ceist eile le Liam.

'Cén fáth nár chaith tú na bróga tú féin? Bheidís i bhfad níos fearr ná na boscaí atá fút.'

'Ní dhéanaimse goid. Riamh. Is maith liom mo bhróga féin.'

Tháinig cathú ar Liam. Bhí sé tar éis an t-ógfhear macánta a mhaslú. Níos measa fós, bhí Pavidhan go domhain i dtrioblóid. Ní bhfaigheadh sé pingin ar a chuid oibre, agus bheadh Asha scriosta freisin. Chaithfí cúiteamh éigin a sholáthar dóibh.

Céard faoi Pavidhan a thabhairt abhaile leis, dá réiteofaí an t-achrann? Shamhlaigh sé é ina shuí sa rang – an cúigiú bliain – taobh leis. Bhí cailín an teampaill ar an taobh eile, pictiúr a bhíodh ag rith leis go minic ó bhuail sé léi. Bheadh sise bliain ar chúl, b'fhéidir – í níos óige, cheap sé – cé gurbh fhearr leis iad uilig a bheith sa fhráma céanna. Ní dócha go mbainfeadh Pavidhan an cúigiú bliain amach ach oiread; Béarla aige, ach bheadh sé thiar ó thaobh na staire is na tíreolaíochta de. Mura gcuirfidís na Himiléithe ar an gcúrsa? Réiteach amháin ná go bhfanfadh Liam siar ar feadh bliana leo chun treoir a thabhairt. Ní ghlacfadh a mháthair, ná an scoil féin, lena leithéid.

Bheadh Pavidhan agus cailín na Tibéide mór le chéile, gan ach sliabh agus teanga eatarthu. Liam féin a bheadh ina aonar dá bharr. Tháinig éad air, arraing sa chliabh... agus bhí sé ar ais ag treabhadh an mhoiréin, ag saothrú anála go dian. Béal an Rongbuk Thoir leathuair an chloig rompu. Céard a dhéanfaidís i rith na hoíche? Fanacht sa phuball le Dixon? Rith cáithníní ar a chraiceann. Arbh é sin an trírín a bhí i ndán?

Bhreathnaigh sé ar an sliabh, an tÉadan Thuaidh chomh geal snasta is a bhí an chéad lá a tháinig sé féin an treo, na huirlisí ar a dhroim, é ar bís chun léim in éadan oighir. Nuair a thaibhsigh an plean dó, bhí sé thar a bheith simplí. Ná bac leis an Rongbuk Thoir. Ná bac le bealach an yak. Ná bac leis an gCampa Tosaigh. Lean díreach ar aghaidh go bun an Éadain agus bain amach An Bhearna Thuaidh ón taobh contrártha de! Dixon á sheachaint, Max á shárú, Campa a hAon ar an mBearna á shroicheadh de ruathar. Bheadh an fhoireann ansiúd rompu, Mike in éineacht leo. Éacht sléibhe a bheadh ann agus chaithfí aird a thabhairt orthu dá bharr. Cinnte, ní bheadh rópaí ar na learga, nó bealach treafa, ach... nárbh fhearr an dúshlán é?

Thaitin an smaoineamh le Pavidhan. Mí-ádh tógálach ag baint le bás sléibhe, ba bhreá leis an corpán a sheachaint.

'Níl ach an t-aon locht air mar phlean,' arsa Liam. 'Ní bheimid in ann buataisí Dixon a thógáil. Bhí cos néata aige. D'oirfidís duitse.' Greannmhar nó gránna, bhí easpa fearais orthu. Crampón amháin an duine, iad ag bacadaíl b'fhéidir ar leathchos chun na Bearna. Péire piocóidí le roinnt eatarthu. D'fhéadfadh Liam céimeanna a ghearradh san oighear rite, mar a rinne na glúine sléibhe sular cuireadh pointí tosaigh ar chrampóin ar chor ar bith.

Dídean oíche? Pluais sneachta a thochailt. D'eile?

Ba é an rud ba dheise ná Max ag dul chomh fada leis an gCampa Tosaigh sula dtuigfeadh sé nach raibh siad os a chomhair. D'fhillfeadh sé an bealach céanna, á lorg. Dhá lá, trí b'fhéidir, a bheadh sé gafa, Liam is a chara ar an mBearna Thuaidh in imeacht leath an ama.

B'fhacthas do Liam nach mbeadh le déanamh ach siúl in airde go bun na Bearna; babhta gaisciúil ansin chun é a shárú. A leithéid d'fháilte is a chuirfí rompu…! Chuala sé trácht ar réamhghiorrú – go mbíonn gach rud níos mó ná mar a airítear – ach níor chuir sé san áireamh é.

Tar éis béal an Rongbuk Thoir a fhágáil ar chlé, bhí siad ar chosán chun an Droma Thiar. Bhí bualtrach i measc na gcarraigeacha.

'Seachtain ó shin,' arsa Pavidhan, ag breathnú go cúramach, mar a bheadh scabhta. 'Ceithre yak. Ag gabháil ó dheas.'

'Cá bhfios duit?'

'Chonaic mé iad. Sa Bhun-Champa.' Miongháire, an chéad chomhartha grinn le tamall.

'Cé a bhí leo? Agus tú chomh cliste!'

'An Chóiré. Tá siad ar an Éadan Thuaidh.'

'Cóiréigh? An féidir é sin a léamh sa chac?'

'Labhair Asha leo. Tá Campa Tosaigh acu ar an taobh seo.'

'Beimid ag gabháil thairis más ea.'

9
Tóraíocht agus titim

Laghdaigh an scanradh ar Liam chomh luath is a bhí an gnáthbhealach as radharc taobh thiar. Bhí éadroime ag dul le Pavidhan freisin, spéis á chur aige sa timpeallacht is sa tslí. Shroich siad an láthair ina ndeachaigh Liam i ngleic leis an starraic oighir.

'Tá sé géar,' arsa Pavidhan.

Chlaon Liam cúl a láimhe mar léiriú. Lean sé air go raibh sé ingearach. Amhras ar a chara, ach choinnigh sé chuige féin é.

'Bhí an dreapadh ar fheabhas ach bhí mé as mo mheabhair gan rópa a thabhairt liom. Bheinn ann fós murach… murach – ' Níor chríochnaigh sé.

'Ar thriail tú oighear rite riamh?'

'Dúirt m'uncail liom go bhfuil sé níos fearr é a sheachaint. Obair bhreise atá ann.'

'Cad é do thuairim féin?'

Scrúdaigh Pavidhan a chosa. Bhog sé ó thaobh taobh iad, á dtomhas. Bhí drogall ar na buataisí freagairt dá thoil. 'Obair, is dócha.'

'Cosúil le bairillí,' arsa Liam i leith na mbróg. Thaitin an chomparáid le Pavidhan, a chosa á samhlú mar phéire yak.

'Bhí eagla orm go dtitfeá,' a d'admhaigh sé, ag féachaint siar amach ar an starraic. 'Ní raibh mé in ann breathnú.'

'Ó ní thitfinn! Bhí mé in ann é a dhéanamh!' Láithreach, d'aithin Liam macalla maíteach ina ghlór, comórtas misnigh lena chairde scoile. Bhíodh na cailíní ag smiotaíl fúthu. Eisceacht amháin, a bhí cliste agus ceolmhar, fiú dá mba veidhlín a bhí aici. Chuireadh sí suim sa raiméis sléibhe a bhíodh á spalpadh aige. Ach bhí sise luaite le duine dá chairde, agus díbeartha óna shamhlaíocht ó thús an turais.

Lár an tráthnóna stad an bheirt. An sorn beag ar siúl ag Pavidhan láithreach, uisce á théamh. Chruthaigh sé fothain don ghás le leaca beaga agus bhí anraith ina ghlac ag Liam níos tapúla ná mar a dhéanfadh sé sa bhaile é. D'alp siad chapati an duine agus cantaí cáise. D'amharc siad gan focal ar channa sairdíní. Slogtha chomh sciobtha go mbeadh amhras orthu ar struipeáil siad an stán de, murach an fhianaise ar an talamh.

Phreab siad chun siúil arís gan iarracht den leisce a leanann lón. Neamhspleáchas á dtiomáint, a thuig Liam. Beag beann ar an airde freisin. An ceart ag Confucius: mall ar dtús, tapa ina dhiaidh… rud éigin mar sin.

I bhfad níos mó le feiceáil ar thaobh seo an tsléibhe ná ar an ngnáthbhealach. Bhí an tÉadan Thuaidh i raon radhairc an t-am ar fad, Changtse - ar a dtugtaí Mullach Thuaidh Everest – go grástúil ar leataobh. Anseo is ansiúd thángadar ar láithreacha campála a bhain le tascair chun an Éadain Thuaidh, cuid acu lán de bhruscar – cannaí stáin, seanbhuidéil gáis, trealamh cócaireachta, soithí ocsaigine. Lofa le meirg. Chuir na tonnaí bruscair déistin ar Liam, ach scrúdaigh Pavidhan na carnáin go gairmiúil is d'aimsigh pota breise, péire spúnóg agus bonn don sorn chun é a chur ina sheasamh ar an sneachta. Bhí sé chomh sásta le préachán, i dtuairim Liam – comparáid nár thaitin leis an Rai, ráfla an bháis ag dul leis an éan mór dubh. Shocraigh siad ar an gcág cosdearg in ionad an fhiaigh.

Tháinig sléibhte nua, mullaí maorga, i raon radhairc ar thaobh eile an oighearshrutha. D'aithin Liam ó phictiúir iad: leithéidí Pumori agus Lingtren. Bhí an teorainn le Neipeal le feiceáil idir Droim Thiar Everest agus meall darbh ainm Khumbutse.

Bhí sé déanach amach sa lá, iad ag coisíocht go mear ar oighear cothrom, gan sneachta ar bith le fáil. Tháinig imní ar Liam, an ghrian ag dul faoi, an fuacht ag géarú. Bhí sé ag tnúth le muc shneachta ar thaobh an bhealaigh, bruacha boga le tochailt chun pluais chodlata a dhéanamh.

D'fhoghlaim sé an córas in Albain, a mhínigh sé do Pavidhan; bheadh sé iontach compordach, ach an sneachta a aimsiú. Pé áit a raibh Albain, thuig Pavidhan nach raibh sé sna Himiléithe. Drochamhras air faoi tholláin reoite.

Lean siad ar aghaidh go raibh sioc nimhneach san aer. Caoldroim Changtse ag éirí díreach os a gcionn, thángadar ar ardán beag oighir sa chlapsholas, pubaill bheaga gróigthe le chéile air. Ceithre cinn. Diamhracht ghruama ag dul leo, gan solas ná fuaim le haireachtáil.

Bhreathnaigh Pavidhan orthu, faoi mar a bheadh an mol aimsithe aige. 'An Chóiré!' Ba mhian le Liam thuaidh nó theas a fhiafraí de, ach bhí a bhéal reoite.

Chromadar nóiméad lasmuigh den chéad phuball. Análú, srannach, teanga iasachta? Dada! Bhí sé fuaite go dlúth don oighear le pionnaí reoite. Greim breise sa sip á chur faoi ghlas. Ní raibh fáilte roimh an strainséir – ní nárbh ionadh, mar bhíodh campaí á robáil uaireanta.

Shocraigh siad ar an gceathrú ceann, taobh thiar. An t-éadach reoite san oighear, bhí sé deacair é a oscailt gan dochar a dhéanamh. Bhraith Liam go raibh sé i mbun creiche. Cathú agus buíochas araon ina chroí, bhreathnaigh sé in airde ar an Éadan Thuaidh os a chionn. Lastuas, sa chróntráth, bhí na Cóiréigh i ngleic le hoighear rite. Ghuigh sé dea-dhídean dóibh agus thum sé isteach sa phuball, Pavidhan á tharraingt ina dhiaidh.

Lom dearóil mar bhroinn ar dtús, gan rud ar bith ann ach mata rubair ar an urlár. Chuardaigh Liam puball eile is d'aimsigh mála éatrom codlata. Bhí Pavidhan ag crith ó bhonn go baithis, a chuid éadaigh go dona, a lámha rófhuar chun a mhála droma a oscailt. Bhain Liam na bróga de, cathú arís air nuair a chonaic sé na stocaí stróicthe. Sháigh sé an Rai ina mhála codlata féin, ceann den scoth, agus chas sé blaincéad timpeall air. Chroch sé an ceann eile ar a ghuaillí féin agus thug faoin sorn go práinneach. Riachtanach Pavidhan a théamh, nó bheidís i gcruachás doshamhlaithe.

Le bia agus deoch, tháinig an Rai chuige féin. Locht amháin air, a d'admhaigh sé. Ní fhéadfadh sé a chosa a mhothú. Ba chuma leis, dáiríre, ach bheidís úsáideach an lá dar gcionn. Bhí réiteach ag Liam, ón litríocht sléibhe. D'oscail sé bun an mhála. Ní cosa a bhí istigh ach dhá bhloc mharmair, a chara ag iompú ina dhealbh ón talamh aníos.

Shleamhnaigh Liam a stocaí féin air: cén fáth nach ndearna sé é níos luaithe? D'iompaigh sé féin bunoscionn sa phuball agus ghlac na géaga reoite faoina ascaillí. In am an ghátair, bhí cúthail fós ar Pavidhan, ag iarraidh a chosa a tharraingt siar. Níor scaoil Liam leo. Ní fhaca sé dó seaca riamh, ach thuig sé ina chnámha féin é, díreach mar a thuigfeadh duine uaigneas. D'fháisc sé na cosa go teann lena chliabh, ag diúltú go fíochmhar don aicíd.

Faoi mheán oíche bhí an fhuil ag cuisliú arís, an craiceann bogthe, na méara solúbtha, Pavidhan ina chodladh go suaimhneach.

——

'Caithfear crampóin a thógáil. Ní dhéanfaidh péire amháin an gnó!'

Bhí an bricfeasta caite acu – leite, chapati agus cáis. Canna mairteola fágtha le haghaidh lóin. Bhí Pavidhan tagtha ar ais chuige féin, nach mór. Bhraith Liam cion fíochmhar, cosantach ina leith. Ar bhealach éigin, bhí sé féin ullamh don lá agus thuig sé ina chroí go raibh…

D'aimsigh sé stóras trealaimh na gCóiréach. Bhí bia éigeandála ann ach níor leag sé méar ar an gcarn. Bhailigh sé stocaí is geansaí dá chara. Níor ghoid é, ach iasacht. Bheadh sé amaideach gan feidhm a bhaint as an taisce. Bhí díomá ar Liam nach raibh bróga ann, ach dhéanfadh an seanphéire cúis ar feadh lae amháin, go háirithe leis na crampóin a thóg sé. Bheidís ar an mBearna Thuaidh roimh dhul faoi na gréine.

An campa tréigthe acu, tháinig deireadh láithreach leis an gcothrom, sneachta géar faoi chois, é righin reoite, na crampóin riachtanach le greim a fháil. Bhí faobhar Changtse á chasadh ar chlé, talamh rúnda ag oscailt dóibh, Éadan Thuaidh Everest ina iomláine nochta os a gcomhair. Ní raibh sé chomh rite is a shamhlaigh Liam ón mBun-Champa. B'in é an chéad rud a rith leis – go raibh claon ar an éadan. Ach – an dara léargas – bhí sé millteanach, ábhalmhór, ollmhór, as miosúr mór, i gcomparáid le tuairim ar bith a bhí aige roimh ré. Gan ach an trian ab ísle á fheiceáil i gceart, agus an méid sin a dhá oiread níos mó ná an t-iomlán a shamhlaigh sé cheana.

Bhí com cúng ag oscailt dóibh idir Changtse agus Everest, é ag ardú soir ina chéimeanna reoite i dtreo na Bearna Thuaidh. I bhfad níos casta ná ón taobh eile, taobh an Champa Thosaigh. An méid sin soiléir. Sula bhféadfadh sé an chonstaic a thomhas, chas sé sa treo ina raibh Pavidhan ag féachaint.

'An Chóiré!'

I gceartlár an Éadain Thuaidh bhí meall creagach ag gobadh amach ar barr chírín amháin. Pubaill le feiceáil air, dhá spota, gorm nó glas, deacair le rá, stríoc shalach ina heireaball ar an sneachta fúthu. Dríodar an champa!

'Nead iolair!' arsa Liam, corraithe, 'Cá dtéann siad ansin? Féach! An scríob ar dheis. Faoin aill. Sin é an bealach ar aghaidh. Tá sé géar, nach bhfuil? An bhfeiceann tú aon duine in airde?' Stán siad ar an líne chasta, ag iarraidh í a leanúint, á cailliúint i mblár oighir ar fhíor na spéire, an mhír uachtarach as radharc. Ní raibh dreapadóir le feiceáil. Róbheag le déanamh amach ar aon nós. Fuiseoga i spéir shamhraidh?

'N'fheadar cathain a thosaigh siad? B'fhéidir gur bealach nua é.' Bhí díomá air nár chuir Pavidhan suntas san eachtra, go háirithe leis na crampóin a bhí faoina spága, agus péire breá loirgneán leo chun an sneachta a choinneáil as a bhuataisí. Dhírigh an Rai súil ar an gcampa beag i lár an éadain. 'Mall. Ní rachaidh go mullach.' Chroith sé a cheann, an sciorrmharc gránna ag goilleadh air.

'Nead préacháin!'

Stad siad níos airde chun greim a ithe. Á ngoradh féin faoin ngréin, fána ollmhór curtha díobh – fadhbanna uilig an bhealaigh rompu go fóill. Bhain siad macallaí as na haillte lastuas, go dtí gur chuimhnigh Liam ar na maidhmeanna a scaoiltear le fuaim. Thosaigh Pavidhan ag pramsáil timpeall, cosa san aer, na crampóin á gcroitheadh i dtreo an tsléibhe mar a bheadh trófaithe. Lean sé leis, gan gíog as, peil á imirt, cúl idirnáisiúnta i gcoinne na Cóiré, a lámha san aer, slua ag screadaíl ina dtost... Sheas Liam ag stánadh, a bhéal ar oscailt. Ghéill sé don spleodar, liathróidí sneachta á ngreadadh go tiubh, as a meabhair gan chúis, gan chiall, mar a bheadh gasúir i ngairdín maidin gheal Nollag.

Bhailigh Pavidhan carn mór sneachta chun é a rolladh le fána, an bealach a bhí dreaptha acu. Stad sé ar an imeall, ag breathnú anuas. D'iompaigh sé de gheit, an spraoi scuabtha dá aghaidh. Bhraith Liam greim reoite ar a chroí. I bhfad thíos fúthu, bhí spota dubh ag taisteal go mear ar an oighear.

Rug siad ar na málaí is ghread chun siúil, gasúir ag teitheadh. Sracfhéachaint siar ar an gcarn sneachta. Maidhm a phléascadh, an sealgaire a adhlacadh? Ní raibh féith an oilc i Liam. An fánán ródhaingean ar aon chuma, a thuig sé. Ní scaoilfí é.

Fiche méadar níos airde, é ag sciorradh gan smacht, thuig sé nach raibh á scanrú ach a shamhlaíocht. Cóiréach ag filleadh ar an Éadan Thuaidh – gan an fearas a bhí á lorg aige sa champa laistíos. Mar a tharla leis an tairne i gcrú an chapaill, theipfeadh ar an iarracht d'uireasa na gcrampón céanna. Sciorrfadh na Cóiréigh anuas ón sliabh, ag gabháil don oighear lena n-ingne is a gcuid fiacla. Bhí feidhm fhónta á bhaint ag Pavidhan as na spící úd. Ní fhéadfaí gluaiseacht gan iad, an sneachta ina screamh sleamhain, oighear faoi.

An ghrian ag spalpadh anuas, bhí Éadan Theas Changtse á choscairt os a gcionn, clocha is cnapáin oighir ag titim go tiubh. Ní fhéadfaidís éalú amach ar leataobh. Crochta, aimhréidh, bhí an t-oighearshruth ina chíor thuathail gan bhealach. Bheadh orthu cloí leis an ribín sneachta ag bun na haille chun cúlbhalla na Bearna Thuaidh a shroicheadh. Ba léir cén fáth nach raibh gnáthbhealach sa chom.

Bhí an t-ard ag géarú i gcónaí rompu, ag preabadh in airde céim ar chéim, laftáin ag sníomh i bhfiarláin rite ó leibhéal go leibhéal. Boilsceanna laistíos is lastuas díobh, ní raibh bun ná barr an bhealaigh le feiceáil a thuilleadh. Gan de thomhas ar an dul chun cinn ach an tÉadan Thuaidh trasna an choim, fáithim an sciorta curtha díobh.

Bhí giota de rópa ina mhála ag Liam, fiche méadar a chuir sé ann i ndiaidh náire na starraice. Anois is arís bhí céim oighir róchrochta do Pavidhan, na bróga ag lúbadh le strus na hoibre. Cheangail Liam an rópa eatarthu is chuaigh in airde go bhfuair sé cos i dtaca san oighear, agus tharraing isteach an líne. I lár an tráthnóna, laftán fairsing sroichte acu, thugadar faoi deara go raibh siad chomh hard leis an nead Chóiréach ar an Éadan Thuaidh. Ní fheicfí é gan réamheolas – an sciorradh salach mar a bheadh smál ar leathanach.

Cé nach raibh radharc ar an mBearna lastuas, bhí an spéir os a gcionn ag oscailt amach, carcair an choim ag scaoileadh leo. Bhí riteacht na fána ag laghdú freisin. Anois is arís d'fhéadfaí seasamh gan cúnamh na piocóide.

Níor loic an t-ádh orthu go dtí tairseach na Bearna. Oighearscoilt leathan ag síneadh gan bhriseadh, ar dheis is ar chlé. Ní raibh aon dealramh leis, seachas mallacht éigin a bheith orthu. B'in mar a thuig Pavidhan é.

'Tá strus faoi leith ar an oighear,' arsa Liam, an tost á bhriseadh. 'Athrú uillinne. Scoilteann sé ar an bpointe teannais. Sáróimid é seo agus beimid slán. Bíonn caolas ann i gcónaí.' D'aithin sé íoróin faoi leith i súile Pavidhan. Íoróin nó milleán? Lá iomlán ag dreapadh isteach i ngéibheann.

Bhain Liam an rópa dá ghualainn. Ceangailte le chéile, thart ar chúig mhéadar eatarthu, shleamhnaigh siad amach ar leataobh, ag feithidíocht ar bhruach na scoilte, isteach is amach as clais is altán, círín is ribe á dtrasnáil; amanna ag tónacán ar scaradh gabhail, ag lámhacán ar an bhfaobhar, ag spágáil ar an aimhréidh; i gcónaí ar thóir trasnála.

Theip ar mhisneach Liam, an scoilt ag leathnú. Ar roghnaigh sé an treo mícheart? Chaolaigh an fabht arís, greamanna oighir fuaite ó thaobh go taobh, rólag le trasnáil. Pavidhan ag sraoilleadh ina dhiaidh, dóchas á chailliúint, tháinig sé ar réiteach go tobann. Bhí an t-imeall uachtarach tar éis titim trasna na scoilte, áirse lofa idir an dá thaobh, folús gránna faoi. A chroí ina bhéal, shleamhnaigh Liam in airde orlach ar orlach, an t-oighear ag sceitheadh faoina mheáchan. Bhí faoiseamh sa rópa lena bhásta, greim docht ag Pavidhan, é dingthe ar shiolpa oighir laistíos. Dá dteipfeadh ar an áirse, thitfeadh sé féin sa scoilt, Pavidhan mar chothrom aige. D'fhágfaí Liam ag luascadh san fholús dorcha.

Shín sé a phiocóid in airde is chroch an spíce ar scealp oighir. Dá mbuailfeadh sé é, scriosfaí an droichead le fuinneamh an bhuille. Tharraing sé go mall ar an hanla, ag éirí in airde diaidh ar ndiaidh, rite as anáil – gur bhuail sé cic san imeall uachtarach is tháinig i dtír ar an bhfána. Chiúnaigh sé casúr a chroí.

'Táimid slán!' Lean sé air in airde go dtí paiste maith sneachta ar an oighear. Bheadh air ancaire daingean a shocrú ar eagla go dteipfeadh ar an áirse faoi Pavidhan. Ghearr sé sliotán caol le tál na piocóide, trasna na fána, méadar ar fad. Scríob sé sliotán caol anuas as. Chomh domhain is ab fhéidir. Cheangail sé an rópa le hanla na piocóide is d'adhlaic sé an uirlis sa T-chruth. Ghlac sé seasamh daingean ar an bhfána thíos faoi leibhéal an ancaire, an rópa faoi theannas chun a bhásta. Chaith sé tamall i mbun an chórais is bhí sé bródúil as. Bheadh ionadh ar a chara…

'Ullamh!? Pavidh – ' Chalc an sásamh ar a bhéal. Círín lofa curtha de, bhí Max ag éirí ina sheasamh taobh thiar den Rai.

Sracadh fíochmhar ar an rópa, Pavidhan ag dreapadh, an t-oighear lofa á ghreadadh lena bhróga faoi mar a bheadh cláir adhmaid faoi, gach stangadh ag Liam á tharraingt in airde. A luaithe is a bhain sé talamh slán amach, scaoil Liam leis, is d'iompaigh chun an ancaire a bhaint.

'Bris an droichead! Le do phiocóid!' Chas sé, chun an rópa a theannadh arís, mar thacaíocht. Bhí an tsnaidhm ar a bhásta scaoilte ag Pavidhan, an rópa ina luí taobh leis. Chrom sé siar i dtreo an droichid, a phiocóid ag luascadh go tréan. Tuisleadh, sciorradh, agus thit sé gan siolla isteach sa scoilt. I bhfaiteadh na súl. Turraing leictreach trína chorp, Liam ag screadaíl. An saol as alt. Pavidhan caillte, Max ina áit.

Craptha le pian, a ghéaga in achrann, sciorr Liam fad an rópa go bruach na scoilte. Ar éigean gur stad sé in am. Max, thíos faoi, ag stánadh isteach ón taobh eile. Fuarchúiseach.

'Féach anois cad a rinne tú!' Piachán garbh, mar a bheadh glór fiaigh.

'Cá bhfuil sé? Cá bhfuil sé? Pavidhan! *PAVIDHAN!*'

'Éirigh as do chaoineadh. Ní chloisfidh sé thú. Níl teorainn leis an scoilt sin.'

'Aimsigh é,' a d'impigh Liam. 'Tá tú ábalta. Úsáid mo rópa! Féach, tá ancaire agam lastuas.' Achainí ar an duine leathdhosaen méadar laistíos. Is ar éigean a d'aithin sé Max. Sreangshúileach. Aghaidh lom, cnámhach le tuirse. An béal searbh.

'Níor smaoinigh tú ar a leas sular mheall tú in airde é.'

'Tháinig sé dá dheoin féin.'

'An mar sin é? Eisean a roghnaigh an bealach seo, is dócha? Chuaigh mise leathslí ar an Rongbuk Thoir sular thuigeas céard a bhí ar siúl. Maith an rud go raibh mála biobháige agam aréir, nó bheinnse ar do choinsias freisin. Níor leor mise a robáil gan an campa thíos a chreachadh freisin.'

'Níor ghoideamar dada.' Scread ina ghlór. 'Tá mé

cinnte go bhfuil sé beo. Tarraing in airde é. Le do thoil!'

Tháinig scáil ar na súile. Bhí Max i sáinn, gan bealach thar an scoilt.

'Maith go leor. Caith chugam an rópa agus rachaidh mé síos.'

Stán Liam air le barr ainnise. 'Cá bhfios dom go ndéanfaidh tú? Tá sé ar intinn agat trasnú… ' Níor chríochnaigh sé an abairt… agus mise a chaitheamh ina dhiaidh.

'Cá bhfios domsa,' arsa Max, iarracht dá sheandóigh leis, 'nach bhfuil sé ar intinn agatsa an rópa a ghearradh a luaithe is a théim isteach sa scoilt?'

Ní raibh focal fágtha ag Liam. Ba chuma leis cad a tharlódh dó féin, bás nó beatha, ach Pavidhan a bheith slán. An fhírinne lom. Murar thuig Max an méid sin, ní raibh dóchas ar bith fágtha. Níor thuig…

D'iompaigh Liam le himeacht.

'Cá bhfuil tusa ag dul?'

'Chun cabhair a fháil.'

'Níl tú chun mise a fhágáil anseo? Gan rópa? Cuir anuas chugam é agus cuardóidh mé an scoilt. Dúirt mé nach raibh an sliabh sa dúchas aige ach bhí sé ina chinniúint. Buíochas duitse.'

'Dá mbeadh na bróga céanna ortsa,' arsa Liam go lom, 'ní bheifeá in airde anseo. Ná mise. Rinne Pavidhan éacht.' D'ardaigh sé lúb den rópa agus lasc in éadan Max é. D'fhág sé an phiocóid ina hancaire agus bhrostaigh in airde gan féachaint siar. Ní raibh aon amhras air céard a dhéanfadh Max.

10
Iarracht tarrthála

'Mike!'

Bhí an tríchosach ina sheasamh i lár na Bearna, an ceamara suite air, lionsa fada mar a bheadh comhartha treo. Gan neach le feiceáil.

'Mike! Tarrtháil!'

Fuinneamh mire a choinnigh chun tosaigh é ar na learga chun na Bearna. Bheadh Mike ann roimhe. Chuir sé a mhuinín iomlán ina athair. Cá raibh an Campa? Sruth allais ina shúile, ag meascadh leis na deora. Díomá chomh searbh le dó seaca. Ghlan sé a shúile le cúl a láimhe. Cúpla céim eile, an sneachta ina phraiseach, na cosa ag lúbadh faoi. D'fhéach sé arís. Bhí Mike os a chomhair, ag cromadh chun an cheamara. Níor dhún Liam na fabhraí arís ar eagla gur mhearú súl é, go dtí gur rug a athair barróg dhaingean air. Bhraith sé a ghéaga ag géilleadh.

'Tá Pavidhan san oighearscoilt.' Na focail ina sruth. 'Dúirt Max gur mharaigh mise é. Faigh cúnamh. Caithfimid é a aimsiú!'

'A Chríost! Cad a tharla? Cá bhfuil sé?'

'Mike! Tá Dixon marbh. Ceapaim gur mharaigh Max é, ach b'fhéidir... gur fhág sé é chun bás a fháil. Caithfimid Pavidhan a tharrtháil. Ní mise a rinne é. Geallaimse!'

'Éist, a mhic, éist. Tóg bog é. Tá's agam nach ndearna!'

Fuaim na seilge taobh thiar. Bhrúigh Liam an chearnóg bheag i lámh a athar. 'Ná tabhair é sin dó! Sin an cruthú. Ná géill é!' Dlúthghreim ar a athair aige, creathán tochta ina ghlór. Céimeanna troma ag treabhadh chucu, dian-anáil.

'Max! Cad atá ar siúl? Tá mo mhacsa leathmharbh.'

'An t-ádh leis nach bhfuil sé níos measa. Tá an Rai bocht caillte. Chaitheas an oíche ar an oighearshruth ina ndiaidh. Dhóbair go gcaillfí mé dá mbarr.'

'Agus Dixon!? In ainm Dé, cad a tharla thíos ansin?'

'Thit sé ar an moiréan. Bhí sé ag ól ón lá a d'imigh sibh. Tá tuairim ag an bhfear óg seo go raibh lámh ag duine éigin sa timpiste. Seafóid!'

'Ní seafóid é! Mike, cloisfidh tú... Ach caithfimid Pavidhan a lorg.'

'Goideadh rudaí príobháideacha uaimse,' arsa Max go trom. 'Suim airgid san áireamh. Nílim á rá gur thóg do mhac é sin. An Rai, is dócha. Tá an buachaill seo ag iarraidh a chara a chosaint. Táimse réidh chun dearmad a dhéanamh ar an airgead. Ach is liomsa an diosca úd. Agus litreacha áirithe atá in easnamh.'

Chroith Liam go fiabhrasach, gan breathnú ar a namhaid. Lean Max leis.

'Táim ag iarraidh an t-ábhar sin ar ais láithreach mar chúiteamh, agus fágfar gach rud eile as an áireamh. Tabhair dom anois é. Caithfear dul síos agus aslonnú Dixon a eagrú. Sin é an dualgas is mó atá orainn. Tabhair dom an diosca sin, gur féidir liom imeacht. Anois! Tá scannán le déanamh agatsa, Mike, ná dearmad é sin.'

Bhí greim ag Liam ar a athair go fóill. Chorraigh Mike faoi mar a bheadh sé ina leathchodladh. Chuir sé a mhac ar leataobh go ciúin. Lámh ina phóca, thochail sé amach an diosca. Searradh guaillí. Ghlac Max é, ghabh buíochas go righin, chas ar a sháil. Stad sé go tobann.

'Mike! Conas atá ag éirí le Jeff? Ar shroich…?'

'Ar maidin. Tá sé ar a bhealach anuas ón mullach.'

'Ar fheabhas. Fan anseo air.'

Bhí Liam ag bacadaíl ar a dhícheall sa treo eile cheana féin.

'Tiocfaidh mé le cúnamh!' Ar éigean gur chuala sé

scairt a athar, agus níor bhac sé le freagra. Ardtráthnóna. Ag sciorradh leis go fíochmhar, bhain sé amach fána na hoighearscoilte. Ba chuma leis ann nó as. Timpeallacht gan daonnacht ná dóchas os a chomhair, oighear is carraig ina dtonnta reoite go himeall na spéire. Cé go raibh an ghrian ag lonradh ar an Droim, bhí scáil na hoíche ag bagairt laistíos sa chom. Rug sé greim ar an rópa chun sleamhnú isteach sa scoilt. Bhí a fhios aige nach mbeadh sé de neart aige Pavidhan a ardú.

'Fan mar atá tú. Ná corraigh!' MacKenzie chuige ar luas mire. Thuirling sé ar an sneachta de thuairt aclaí, thug fáisceadh d'uillinn Liam.

'Chuir Mike anuas mé.' Chrom sé chun an t-ancaire a scrúdú.

'Ar fheabhas. Cár fhoghlaim tú é sin?'

'In Albain... An bhfuil seans, an dóigh leat?'

'Bíonn seans i gcónaí. Déanfaimid ár ndícheall. Féach, beidh meáchan faoi leith ar an bpointe sin.' Lig sé scairt.

'Nima! Neartaigh an t-ancaire. Cúpla scriú oighir. Táimse ag dul síos. Bíodh na hulóga agus uile ullamh.' Stad sé bomaite is d'fhéach arís ar Liam. 'Chuireamar Pemba ar chosa in airde chun an Champa Thosaigh. Beidh a fhios ag Asha go bhfuilimid i mbun tarrthála, cuma cad a deir Max.' Rith na deora le Liam arís. B'in fadhb a bhí á chiapadh – go gceapfadh Asha gur tréigeadh a mhac. Gur tugadh gadaí air…

Shocraigh Nima na hoighearscriúnna, mar a bheadh seamadóir ag deisiú loinge. 'D'fhéadfá teach a chrochadh air anois,' a mhaígh sé. Bhí údarás práinneach acu, an tAlbanach is an Siorpa, ag comhoibriú ar bhruach an alltair. Thugadar faoiseamh do Liam ón éadóchas a bhí á chiapadh. Bhreathnaigh Nima amach thar dhuibheagán an choim, is lig fead.

'Cén fáth nár iompar sibh ualach, sibh ag teacht go Campa a hAon?' Bhuail sé sonc caradais ar ghualainn Liam is ba bheag nár leag é.

Blúiríní oighir, Mike ag sleamhnú anuas go ciotach, uafás air. Sheas sé taobh lena mhac. Níor thug Liam aird air. Ghabh Mike lán a shúl den fholús os a chomhair.

'Cibé rud a tharlaíonn,' a thosaigh sé, 'bíodh a fhios agat go bhfuil muinín agam asat.'

'Go raibh maith agat.' Liam róchráite chun searbhas a chur in iúl.

'Ní hé seo an t-am lena rá,' arsa a athair, 'ach b'fhéidir nach mbeidh seans eile agam. Níor chlis mé ort.' Bhí Mackenzie ar an rópa, ullamh le hísliú, Liam á leanúint lena shúile. Líne bhreise taobh leis.

'B'fhéidir gur theip orm cheana – theip! – ach níor tharla sé inniu.'

Chroith Liam a ghuaillí. 'Ná bac. Is cuma… '

'Níl ann ach rud beag ag an bpointe seo,' a lean Mike air, 'ach bíodh sé seo agat. Mar chomhartha muiníne, abair.'

Mackenzie ar imeall na scoilte, nasctha leis an rópa. Bhí sé ag iarraidh gan oighear ar bith a leagan, cúram a thug dóchas do Liam. Chnag Mike go héadrom ar dhorn a mhic. Sracfhéachaint. Clúdach diosca – an bosca beag.

'Conas… Conas ar… ?'

'Mhalartaigh mé i mo phóca iad. Ní raibh sé deacair. An cuimhin leat na cártaí?'

'Agus an t-airgead i mo chluas? Is cuimhin liom.'

Mackenzie as radharc, teannas preabach ar an rópa, ag gearradh oighir an imill.

'B'in buaic mo réime,' arsa Mike go cumhach, 'na breithlaethanta úd; na cóisirí, cleasanna draíochta, lúcháir ar an lucht féachana. Ní bhfuaireas an toradh sin riamh le mo chuid scannánaíochta.'

Stad an rópa den phreabadh. Mhaolaigh an teannas. Bhí Mackenzie ina sheasamh ar bhonn daingean istigh. Oighear nó carraig. Roithleán ag Nima ar an dara líne, ullamh le tarraingt chomh luath is a bheadh meáchan le hardú.

Trí thurraing ar an líne, macalla plúchta ón scoilt, agus luigh siad isteach ar an obair.

D'ainneoin fricsean an oighir, tháinig an t-ualach in airde go mín. Bhí Mackenzie á stiúradh, ag dreapadh in éineacht leis ar a rópa féin. Sheas Nima gar don imeall, ceangailte siar den ancaire, is tharraing sé an t-ualach aníos ina aonar. Ní raibh ar Liam is a athair ach an rópa bog a tharraingt tríd an roithleán, agus coscán simplí a choinneáil air.

De réir mar a tháinig an meáchan aníos, mhéadaigh ar an masmas i ngoile Liam, a chuid néaróg ina n-eangach dhóite. Chrom Nima, a lámh sínte as radharc, rug greim daingean is d'ardaigh arís ina sheasamh. I gcló na broinne, a ghéaga ceangailte le chéile, an rópa ina shreang imleacáin, d'éirigh an corp beag dorcha ón uaigh.

Chrom Liam ar leataobh, urlaicí folmha á dtarraingt. Nóiméad ina dhiaidh, bhí an Siorpa ag guailleáil thairis, Pavidhan ina bhaclainn, a chloigeann siar, crústa fola ina stríoc ar a chlár éadain. Chuir Nima ina luí ar an sneachta é, mataí faoi. Tharraing sé mála éigeandála chun an bhásta air. Rug Mike greim ar an rosta, cuisle á lorg. Chaith sé uaidh an ghéag is dhírigh ar an scornach.

Tharraing Mackenzie aníos as an scoilt, gach dara lámh ar an rópa. Ghread sé in airde chucu is chrom chun scrúdaithe. D'ardaigh sé fabhra amháin le barr méire is scaoil arís é. Sracfhéachaint ar Nima agus Mike. Ní bhfuair sé freagra, an bheirt acu dírithe ar a gcuid iarrachtaí.

'Cuisle ar bith?'

'B'fhéidir,' arsa Mike de chogar.

'Coinnigh ort!' Mackenzie ar a ghlúine ansin, a dhá lámh le chéile, bos amháin ar chúl na láimhe eile, ar chliabh an Rai. Sular thosaigh sé ag obair, d'fhéach sé go díreach ar Liam – a bhí ag cuimilt lámha Pavidhan chun teas a mhúscailt. Obair gan tairbhe.

'Beidh áthas ort a chloisteáil nach bhfuil rud ar bith briste,' arsa Mackenzie. 'Thit sé ar shneachta. Bhuail sé a chloigeann ar a bhealach síos. Tá sé gan aithne gan urlabhra le tamall.

'Anois, faigh mo mhála, a Liam. Tá soitheach tae ann. Roinn amach orainn é, ag tosú leat féin. Cuir éadaí breise ort. Ina dhiaidh sin, déan iarracht a chosa a théamh.' Thosaigh sé ag brú go rithimeach ar chnámh uchta an Rai: suas, síos, ag comhaireamh go rialta.

D'airigh Liam go raibh sé féin i ndeireadh na feide. Imní ar an Albanach go mbeadh an dara taismeach ar a lámha. Rinne Liam mar a dúradh. Ní raibh comhrá ar a thoil ag Mackenzie, ach bhí sé ar fheabhas chun orduithe a thabhairt.

11
Réiteach

'… sa phroinnteach i Tingri le Síneach. Fear míleata, a déarfainn.'

'Chow Li,' arsa Mike go pras. 'An tOifigeach Caidrimh.'

'Shíl mé láithreach go raibh rud éigin as alt ar an sliabh. Ní labhródh Max liom – ach le rá go raibh sibh imithe go Kathmandu. Ag iarraidh mé a chur ar strae. Timpiste, a dúras liom féin. Cé eile ach Dixon, nó ní bheadh Max ag iarraidh é a cheilt ar thuairisceoir.'

Deich nóiméad tar éis di an Bun-Champa a bhaint amach, bhí Judith suite os comhair na cistine chomh héasca is a bheadh sa bhaile. Ghlac sí an dara cupán tae. 'Go raibh maith agat, ach ná bac liomsa a thuilleadh. Tabhair aire don bhfear óg.'

Aoibh go dtí na cluasa ar Asha, ag umhlú is ag cúlú san am céanna. Bhí a mhac ina phrionsa sléibhe, i bpuball galánta taobh leis an gcistin – an ceann a d'fhág Max nuair a thréig sé an campa. Bhí Pavidhan cumhdaithe sa chlúmh ab fhearr, gan de locht air ach slaghdán agus scoilt ina chloigeann. Cuireadh tréadaithe go dtí an

Campa Tosaigh chun é a iompar anuas, ach shiúil sé leath an bhealaigh leo. Ghlac sé cúnamh ó Liam chun talamh achrannach a thrasnáil. Bhí dochtúir ón gcampa Gearmánach ag coinneáil súil air faoi láthair.

'Céard a rinne tú nuair nár labhair Max leat?' arsa Liam, fós sna sála ar an scéal.

'Thaispeáin mé mám airgid don tiománaí. D'eile a dhéanfadh tuairisceoir? Cheannaigh mé an scéal focal ar fhocal sa chlós.' D'airigh Liam an miotal inti ar feadh soicind, sular ceileadh é faoin dreach gealgháireach.

'Shábháil tú cúpla lá ort féin gan dul go Kathmandu,' arsa Mike go mall. 'Choinnigh tú an nuacht chugat féin, ar ndóigh?'

'Ar ndóigh!' D'amharc sí air go grinn. 'Ach amháin don Times... Agus an BBC, tá's agat. Nuair nár chuala siad uaitse, mheas mé nach raibh suim agat sa scéal. Íocfaidh siad as mo chostais ar aon nós. Níl an bhreab chomh saor is a bhíodh... Agus beidh tusa in ann na pictiúir a sholáthar.'

D'fhéach sí timpeall uirthi, neamhchúiseach. 'Dála an scéil, Mike – Chuireas sraith ríomhphost chugat ar mo bhealach ó Lhasa. Cúpla ceann as Tingri san áireamh. Ní bhfuaireas freagra ar bith. Bhí tusa breá sásta mé a sheoladh go Kathmandu freisin?'

'Ní raibh mo ríomhaire ag obair ar feadh tamaill,' arsa Mike, neamhurchóideach. 'Na batairí…'

'Daid! Ní raibh locht ar bith ar do ríomhaire!'

'Ná bí dian ar d'athair.' Shocraigh Judith í féin, mar a bheadh turasóir i gcaifé. 'B'fhéidir go raibh sé ag feitheamh go mbeadh gach duine slán sábháilte sular scaoil sé an scéal. Arbh é sin é, Mike?'

'Bhuel, ar ndóigh…'

'Ar ndóigh! Ní bheifeá ag iarraidh na pictiúir *agus* an scéal a choinneáil duit féin, ar chor ar bith. Ní dhéanfása a leithéid, an ndéanfadh?'

Bhris Mike amach ag gáire. 'Ní dhéanfaidh mé anois é ar aon nós!

'Lón!' ar seisean, an t-ábhar á athrú. Bhí Asha ar a bhealach ón gcistin le pláta mór galach. D'imigh sé thart, chuaigh síos ar a ghogaide is shín an pláta isteach i bpuball an taismigh. 'Bhuel,' arsa Mike, go foighneach, 'ní hé mo lá-sa é.' Chrom Liam ar leataobh is chonaic sé Pavidhan ag sméideadh air sa scáil ghorm. Bindealán ollmhór ar a chloigeann.

'Féach,' arsa Mike go tobann, 'tá aithne agam ar Max le fada. Cladhaire, sea, ach ní dúnmharfóir é. D'fhágfadh sé duine ina luí, ach ní leagfadh sé é sa chéad dul síos.'

'Níor chabhraigh sé chun Pavidhan a tharrtháil!' Ní raibh amhras ar bith ar Liam. 'Thug sé gadaí air. Ní mhaithfidh mé é sin dó choíche.'

'Sea. Bhí an ceart agat i ngach rud a rinne tú. Bhí sé in am an fear sin a scuabadh ón sliabh. Agus sin a rinne sibh… Ach ní dóigh liom gur chóir an gnó a scrios dá bharr. Bhí Jeff ag iarraidh an comhlacht a cheannach is é a chur ar bhonn nua, de réir dealraimh. Le fírinne, b'in cúis amháin a raibh an scéal á choinneáil siar agamsa.' Thug sé sracfhéachaint arís ar Judith. Bhí roic sna malaí uirthi, an leithscéal á mheá…

'Jeff? Bheadh sé sin ar fheabhas dúinne… duitse,' arsa Liam, corraithe. 'Chuirfeadh sé dea-obair inár dtreo. Bhí sé an-sásta leis an méid a rinne tú ar an sliabh, agus é ar a bhealach amach, nach raibh?' Chuimil Mike a aghaidh go machnamhach, ag ligean air nár chuala sé.

'Ó, rud eile, Judith …' Bhí mearbhall ar Liam le luas na n-imeachtaí. 'Chaill mé an taifeadadh úd a rinne mé sa teampall. An cuimhin leat? Bhí tusa sa Chearnóg liom.'

'An píosa leis an gcailín?' a bhris Mike isteach. 'Bhí sí diamhrach, agus mo bheannacht leat, ach ní raibh aon dealramh leis mar thaifeadadh.'

'Dúirt tusa go raibh an fhuaim an-mhaith. Go bhféadfadh sé píosa scripte a iompar!'

'Sea, i gcás na fuaime – ach céard a dhéanfá le sruth cainte nach dtuigfeadh an Dalai Lama féin?'

Chroith Judith a ceann go ceanúil. 'Is breá libhse an chnámh spairne.' Shín sí mionchluasán ón ríomhaire. 'Triail é seo!' Thóg Liam é, neamhaireach, ag iarraidh rois a scaoileadh faoina athair. Sháigh sé ina chluas é. Nóiméad, agus leath na súile ina chloigeann mar a bheadh fís á taibhsiú dó.

'Cá bhfuair…?'

'Nach ndearna mé cóip an oíche úd? Ar mo ríomhaire. Bhí tú ag iarraidh a dhéanamh amach céard a bhí á rá aici. Rún an Ardchláir á bhronnadh ort, nó cibé. D'éist m'aistritheoir leis. Is de shliocht Lhasa é is níor thuig sé an chanúint. Smaoinigh mé ar ár gcara sa Chearnóg, *fixer* na féasóige – an cuimhin leat?'

'Ar thuig…?'

'D'éirigh sé ábhairín teasaí ar dtús faoi mar a bheadh eiriceacht á spalpadh. Bíonn na fir úd coimeádach. Dúirt sé gur chóir dá hathair smacht a choinneáil ar an ngiodróg, mar nach raibh meas aici ar údarás ar bith. Thaitin sí liom láithreach agus chuireas iallach air í a thiontú.

'Thaispeáin mé na pictiúir dó. Bhí sé in ann a rá óna gcuid éadaigh, agus ón gcanúint, cárbh as dóibh. Ceantar éigin i bhfad ar shiúl – agus b'fhéidir gur fearrde thú é. Dealraíonn sé go bhfuil cleamhnas déanta ag a hathair di le fear óg nach dtaitníonn léi. B'in ceann de na fáthanna go raibh an chlann ag tarraingt ar Lhasa – chun dea-ghuí a tharraingt anuas ar an socrú…

'Fan anois, tóg bog é, a Liam. Níl sí ina sclábhaí ná rud ar bith mar é. Traidisiún atá i gceist, ach beidh a rogha fir aici i ndeireadh na dála. De réir ár gcara, ní bhrúfaí céile ar chailín i gcoinne a tola. Le fírinne, dúirt sé nach mbeadh gnáthfhear toilteanach glacadh le bean óg dá leithéid… róspreagúil ar fad. Ní dócha gur baol di.'

'Cad eile a dúirt sise?'

'An gnáthrud, tá's agat. Go bhfuil sí chun dul go Meiriceá agus a bheith ina máinlia cairdiach.'

'Níor thug sí a hainm?'

'Níor thug. Bíonn rúndacht ó dhúchas i muintir an Ardchláir. Go dúbailte i gcás na mban.'

'Bhuel, sin sin, is dócha…' arsa Liam, ceann faoi air. 'Ní hé go raibh mé… Ach ba mhaith liom…'

'Máinlia cairdiach mar bhean chéile?' arsa Mike. 'Sea, d'oirfeadh sí domsa mar bhean mhic.' Bhí a dhorn faoina léine, ag preabadh ar a chroí.

'Tairiscint duit,' arsa Judith. 'Seans nach dtiocfaidh aon

rud as, ach... déanaimse clár nó dhó raidió gach re bliain, má fhaighim coimisiún. Nach mbeadh sé suimiúil clár a dhéanamh ar chúrsaí pósta ar an Ardchlár lá éigin – nó i Neipeal, fiú? Ní fada go mbeidh Pavidhan geallta, a déarfainn. D'fhéadfaimis freastal ar a phósadh, abair...' Rith sí ar aghaidh, ag smaoineamh os ard.

'Céard faoin taifeadadh sa teampall a úsáid chun tusa a chur i láthair? Bheifeá ar thuras cuardaigh, abair! Coinnigh na fuaimeanna, an t-atmaisféar, céimnigh amach ar an teanga, Béarla ag céimniú isteach, tusa ina dhiaidh le guthú scripte – is maith leo Éireannaigh ar an BBC...'

'*Hey!*' arsa Mike go trodach, 'ná bí ag póitseáil. Faigh do mhac féin. Tá an fear seo ag dul le scannánaíocht.' Chas sé chun a mhic. 'Nach bhfuil?'

'B'fhéidir,' arsa Liam, machnamhach. 'Bheadh orm an ceamara a fhoghlaim i gceart sula mbeadh a fhios agam. Agus conradh a fháil, ar ndóigh.' Stad sé go tobann. 'Daid! An dóigh leat go nglacfaidís le Pavidhan ar scoil? B'fhéidir go ndéanfadh sé cleamhnas i nDún Laoghaire?'

'Ar aon nós,' é ag preabadh i dtreo eile arís, 'fiú más scannánaí mé, ba mhaith liom cláracha raidió a dhéanamh san am céanna. Judith, cuir glaoch orm má fhaigheann tú coimisiún...'